UNE AUTRE FAÇON
D'AIMER

Infographie: Chantal Landry
Révision: Patricia Juste
Correction: Céline Vangheluwe et Odile Dallaserra

Données de catalogage disponibles auprès de Bibliothèque
et Archives nationales du Québec

01-15

Dépôt légal: 2015
Bibliothèque et Archives nationales du Québec

ISBN 978-2-7619-4225-6

DISTRIBUTEURS EXCLUSIFS:

Pour le Canada et les États-Unis:
MESSAGERIES ADP* inc.
2315, rue de la Province
Longueuil, Québec J4G 1G4
Téléphone: 450-640-1237
Télécopieur: 450-674-6237
Internet: www.messageries-adp.com
* filiale du Groupe Sogides inc.,
filiale de Quebecor Media inc.

Pour la France et les autres pays:
INTERFORUM editis
Immeuble Paryseine, 3, allée de la Seine
94854 Ivry CEDEX
Téléphone: 33 (0) 1 49 59 11 56/91
Télécopieur: 33 (0) 1 49 59 11 33
Service commandes France Métropolitaine
Téléphone: 33 (0) 2 38 32 71 00
Télécopieur: 33 (0) 2 38 32 71 28
Internet: www.interforum.fr
Service commandes Export - DOM-TOM
Télécopieur: 33 (0) 2 38 32 78 86
Internet: www.interforum.fr
Courriel: cdes-export@interforum.fr

Pour la Suisse:
INTERFORUM editis SUISSE
Case postale 69 - CH 1701 Fribourg - Suisse
Téléphone: 41 (0) 26 460 80 60
Télécopieur: 41 (0) 26 460 80 68
Internet: www.interforumsuisse.ch
Courriel: office@interforumsuisse.ch
Distributeur: OLF S.A.
ZI. 3, Corminboeuf
Case postale 1061 - CH 1701 Fribourg - Suisse
Commandes:
Téléphone: 41 (0) 26 467 53 33
Télécopieur: 41 (0) 26 467 54 66
Internet: www.olf.ch
Courriel: information@olf.ch

Pour la Belgique et le Luxembourg:
INTERFORUM BENELUX S.A.
Fond Jean-Pâques, 6
B-1348 Louvain-La-Neuve
Téléphone: 32 (0) 10 42 03 20
Télécopieur: 32 (0) 10 41 20 24
Internet: www.interforum.be
Courriel: info@interforum.be

Gouvernement du Québec - Programme de crédit d'impôt pour l'édition de livres - Gestion SODEC - www.sodec.gouv.qc.ca

L'Éditeur bénéficie du soutien de la Société de développement des entreprises culturelles du Québec pour son programme d'édition.

Conseil des Arts du Canada   Canada Council for the Arts

Nous remercions le Conseil des Arts du Canada de l'aide accordée à notre programme de publication.

Nous reconnaissons l'aide financière du gouvernement du Canada par l'entremise du Fonds du livre du Canada pour nos activités d'édition.

Jacques Schecroun

UNE AUTRE FAÇON D'AIMER

LES ÉDITIONS DE L'HOMME
Une société de Québecor Média

Joie, joie, joie, pleurs de joie.
Blaise Pascal, « Mémorial »

Avant-propos

Il le faut avouer, l'amour est un grand maître
Ce qu'on ne fut jamais, il nous enseigne à l'être
MOLIÈRE, *L'École des femmes*

Que de larmes versées dans une vie d'homme ! Que de larmes, n'est-il pas vrai ? Ce qui avait fait dire au Bouddha qu'« il y a plus de larmes versées sur la terre qu'il n'y a d'eau dans l'océan ».

Certes, de toutes celles qui ont coulé, il en est beaucoup qui, hélas, étaient inévitables parce que justifiées par des circonstances douloureuses, voire quelquefois insoutenables. Mais combien d'autres ne l'étaient pas ou ne l'étaient pas tant que cela ? Combien de conflits, en effet, aurions-nous pu nous éviter ? Combien de malentendus, de déchirures, de blessures aurions-nous pu nous épargner ? De combien de nos misères, de combien de nos peines aurions-nous pu nous dispenser ? Et fallait-il vraiment, faut-il vraiment, comme le chantait Édith Piaf, « tant et tant de larmes pour avoir le droit d'aimer » ?

Ces questions, pour ce qui me concerne, je ne me les suis pas toujours posées et lorsque je revois le jeune homme que j'étais vers la fin des années 1960, rien ne laissait prévoir qu'un jour viendrait où elles m'interpelleraient. Rien ne semblait me prédestiner à écrire cet ouvrage.

Ainsi, du temps où je décrochais le diplôme qui devait me permettre de devenir avocat, j'étais convaincu, aveuglé par ma juvénile ambition, que ce sésame m'ouvrirait définitivement les portes de la réussite à tous points de vue, et même si la philosophie avait quelque peu enthousiasmé mes dix-sept ans qui, alors, n'étaient pas si loin, j'étais à des années-lumière de me poser des questions existentielles. Mes premiers chagrins d'amour, chagrins tout à la fois incommensurables sur le moment et bien éphémères au bout du compte, semblaient, paradoxalement, donner plus encore d'attrait aux flèches de Cupidon et, tout en aspirant au grand amour, il est évident que je n'envisageais guère une façon d'aimer qui ne soit pas gorgée de larmes. D'ailleurs, lorsqu'un jour j'étais tombé sur les *Lettres à un jeune poète* de Rainer Maria Rilke où il écrivait que les jeunes gens ne savent pas aimer, je me souviens de m'être fort présomptueusement moqué ! Non, mais ! pour qui se prenait-il, celui-là ? C'était évident que, moi, je savais aimer !

Sans doute a-t-il fallu, au cours des années qui ont suivi et jusqu'autour de la trentaine, bien des larmes pour me rendre compte que je faisais fausse route, bien des larmes pour n'en plus pouvoir de mes souffrances, bien des larmes pour, disons-le, vaincre mes résistances – qui n'étaient pas des moindres –, bien des larmes pour accepter de reconnaître mon mal de vivre et pour me résoudre à demander de l'aide afin de tenter de m'en guérir.

Je ne me doutais pas, alors, en entreprenant cette démarche qui, dans mon esprit profane, ne devait durer que le temps de quelques séances, que c'était faire le premier pas du plus difficile, mais aussi du plus délicieux de tous les voyages. Je ne soupçonnais pas que je prenais le chemin d'une autre façon d'aimer, celle-là même dont, sans la nommer ainsi, parlait Rilke, auquel, adolescent, je n'avais rien compris. Une autre façon d'aimer, « œuvre suprême, disait-il, dont toutes les autres ne sont que les préparations ». Une autre façon d'aimer qui n'avait plus besoin de « tant et tant de larmes ». « Une autre façon de m'aimer moi-même, une autre façon d'aimer l'autre, une autre façon d'aimer la vie, une autre façon d'aimer Dieu. Une autre façon d'aimer qui ne dépend de nul autre que de soi ; une autre façon d'aimer qui ne détruit ni ne juge, ni n'envahit ni n'offense, ni n'attend ni ne blesse ; une autre façon d'aimer libérée des mémoires du passé, allégée du fardeau de la peur, dépêtrée des vieilles croyances et déliée des anciens schémas répétitifs ; une autre façon d'aimer qui ne subit pas, qui voit toujours en l'autre un miroir de soi-même et qui rend à chacun la totalité de sa puissance ; une autre façon d'aimer qui s'enrichit de tout ce qui est ; une autre façon d'aimer qui participe de l'idée que nous ne sommes qu'un et qu'il y a assez de tout pour tous ; une autre façon d'aimer qui ne doit rien à personne et qui n'a rien d'autre à faire qu'à être ; une autre façon d'aimer qui a changé ma vie[1]. »

Ce ne fut pas sans difficulté, car ce n'est pas en claquant des doigts qu'on change des millénaires de façon d'aimer et qu'on crée un barrage à des torrents de larmes coulées. Ce n'est pas juste en disant : « Ah, j'ai compris ! » qu'on renonce à posséder l'autre quand on a toujours considéré qu'il n'y avait rien de plus normal que de s'appartenir mutuellement. Ce n'est pas parce qu'on a suivi un cycle de conférences ou participé à une série de séminaires qu'on fait confiance à l'autre quand on a toujours été jaloux, ni qu'on se fait confiance à soi-même quand on a toujours eu peur de tout ! Ce n'est pas parce qu'on a lu les meilleurs auteurs sur le sujet qu'on cesse de juger et de critiquer quand des générations avant soi ont été des modèles de médisance ! Ce n'est pas non plus juste le fait de consulter qui nous pousse à tourner le dos à la souffrance et aux larmes qui l'accompagnent. Ce fut d'autant moins sans difficulté, dans mon cas, qu'à chaque fois qu'une étape semblait avoir été franchie, une épreuve de taille survenait comme pour vérifier que la leçon avait été non seulement bien comprise mais bien intégrée. Ce n'est d'ailleurs toujours pas sans difficulté, et sans doute n'aurai-je pas assez de cette vie pour savoir m'éviter les tourments et pour être totalement et définitivement dans cette autre façon d'aimer.

Toujours est-il qu'en 2003, il m'est venu à l'idée, comme pour m'y aider davantage, de créer un grand festival portant ce nom, « Une autre façon d'aimer ». Mon intention était aussi de permettre à d'autres de saisir la chance que j'avais eue moi-même, une vingtaine d'années plus tôt, de découvrir cette autre façon d'aimer. J'ai donc invité des auteurs et des conférenciers qui avaient écrit sur ce sujet à venir en parler et c'est ainsi que j'ai eu le privilège d'accueillir, au fil des ans, d'éminentes personnalités venues de tous les coins de France, mais également de Belgique, des États-Unis et du Canada[2]. Beaucoup sont devenus mes amis et c'est une joie constante d'œuvrer avec eux dans le sens d'une autre façon d'aimer. Ils ont enrichi ma pensée, ouvert de nouvelles pistes de réflexion et, sans trop le savoir, ils m'ont aidé à élaborer davantage encore cette autre façon d'aimer qui n'a nul besoin de « tant et tant de larmes » et qui a donné tout son sens à ma vie.

Le plus fort est qu'en 2011, après quelque quatre décennies d'exercice de la profession d'avocat, j'ai été invité par le barreau de Bruxelles aux côtés, notamment, d'Éric-Emmanuel Schmitt et de Thomas d'Ansembourg, à donner une conférence dans le cadre d'une journée intitulée « Une autre façon d'être avocat », laquelle façon participe aussi, on l'aura compris, d'une autre façon d'aimer, puisqu'il y a été question d'être « déterminé sans être farouche, puissant sans être méchant, audacieux sans être agressif ». La boucle, d'une certaine façon, était bouclée.

Reste qu'à l'occasion de la dixième édition du festival qui a lieu chaque automne à Cabourg, en Normandie, d'aucuns m'ont suggéré de consacrer un livre à cette autre façon d'aimer qui me tient tant à cœur.

Puisse cette autre façon d'aimer, objet de cet ouvrage, devenir la vôtre et puissent vos larmes n'être plus que de joie.

CHAPITRE 1
Les « si » en bémol

Que vous disait-on, lorsque vous étiez enfant, qu'il vous arriverait si vous n'étiez pas sage ? Qu'un monstre allait venir vous chercher ? Que vos parents iraient vous échanger contre un autre plus gentil que vous ? Ou, pire encore, vous chantaient-ils, comme dans une célèbre berceuse que des générations de parents francophones ont chantée et chantent encore à leurs enfants, que « papa partira[it] » ? Vous en connaissez probablement le premier couplet : « Maman est en haut/Qui fait du gâteau/Papa est en bas/Qui fait du chocolat... » Après le refrain, « Fais dodo, Colas mon p'tit frère », certaines versions comportent un deuxième couplet qui dit : « Si tu fais dodo/Maman vient bientôt/Si tu ne dors pas/Papa s'en ira. »

LA TERRIBLE MENACE D'ÊTRE PRIVÉ D'AMOUR

Ce sont des choses comme cela, ne nous en déplaise, qu'on nous répétait sans cesse ; c'est ce genre de paroles bien peu innocentes, même si nous l'avons oublié et même si nous refusons d'y accorder un tant soit peu d'importance, qu'on fredonnait au-dessus de notre lit à barreaux lorsque nous n'étions pas plus hauts que trois pommes. Si nous étions... comment dit-on ?... ah oui ! capricieux, le risque était majeur et la sanction, absolument terrible.

Incroyable, non ? On disait à un enfant d'un an ou deux qui avait mal au ventre, qui n'avait pas sommeil, qui faisait ses dents, non seulement que l'amour de ses parents ne lui était pas acquis, mais qu'il devait le mériter et que, par conséquent, il pouvait le perdre. On lui signifiait qu'il n'était certainement pas aimable en lui-même, puisqu'il devait, pour être aimé, se conformer à ce qu'on attendait de lui.

Et, assez souvent, on s'y prenait de la façon la plus efficace pour que ça lui rentre bien dans le crâne. On le faisait, entre autres, en chansons. N'avez-vous pas remarqué qu'on n'a jamais oublié, ou si peu, les années passant, ni les paroles mettant en scène le roi Dagobert ou le bon vieux Charlemagne ni, pour les latinistes, les « *rosa, rosae, rosam* » ? C'est évidemment parce que le pouvoir de persuasion de ce qui a été mis en musique est considérable. Quelque soixante-dix ans après qu'on les leur a fait reprendre en chœur, chaque matin, sous le préau de l'école, les Français les plus âgés se souviennent encore des paroles apprises à la gloire de Pétain qui allait ensuite signer la capitulation de la France : « Maréchal, nous voilà, devant toi, le sauveur de la France… » Et les jeunes Allemands enrôlés de force à quatorze ou quinze ans dans la Hitlerjugend n'allaient, sans doute, jamais réussir à effacer de leur mémoire les mots suivants, même si, toute leur vie après la guerre, ils le désireraient très fort : « Nous sommes la jeunesse hitlérienne, nous n'avons pas besoin de vérité chrétienne, car Adolf Hitler est notre meneur, et toujours notre intercesseur. »

Certes, il ne faut pas exagérer le message contenu dans *Fais dodo, Colas mon p'tit frère*, mais tout de même ! Il est sûrement venu bien souvent, dans l'enfance de tout un chacun, conforter la menace, maintes autres fois exprimée, qu'en guise de punition, l'amour de nos parents nous serait retiré si nous ne finissions pas notre assiette, si nous n'avions pas de bonnes notes à l'école, si nous n'arrêtions pas immédiatement de bouder ou de pleurer, si, si et si et encore si.

UNE BONNE FESSÉE

Et que nous disait-on encore qu'il nous arriverait si nous n'étions pas sages ? Que nous allions recevoir une bonne fessée, une sacrée volée, une raclée ou une gifle dont nous nous souviendrions. Selon une enquête de l'UFE[3], 95 % des Français disent avoir reçu des fessées au cours de l'enfance, tout comme, d'après une autre étude[4], 81 % des mamans canadiennes interrogées. De la sorte, en n'étant soi-disant pas sages, nous courions non seulement le risque de perdre l'amour, mais aussi celui d'être battus, humiliés, maltraités par ceux-là mêmes qui nous avaient donné la vie.

Aussi est-ce un amour capable de menaces et de violence qui nous a servi de modèle. Sur tous les continents, sous toutes les latitudes, dans toutes les cultures, sous l'empire de toutes les religions, sous tous les régimes politiques, le pouvoir du « si » et de la menace qu'il contient est certainement le premier et le plus ravageur d'entre tous.

De l'Orient à l'Occident, du pôle Sud au pôle Nord, « si » fait courber les échines et, tel un tyran qui fait régner la terreur, il obtient des plus récalcitrants qu'ils se soumettent à son joug.

....

Tomislav, un garçon d'origine serbe prenant le micro durant une conférence, raconte :

Quand j'étais gosse, au Kosovo, c'était avant la partition de la Yougoslavie, mes parents me disaient souvent que si je n'étais pas sage, les Albanais, autrement dit les méchants, viendraient me chercher, qu'ils me mettraient dans un sac, m'emporteraient dans leur village et, une fois là-bas, qu'ils me découperaient en petits morceaux.

J'ai appris plus tard que, de l'autre côté, c'est à peu de chose près ce qu'on disait aux enfants kosovars, sauf que les méchants, pour eux, c'étaient nous, les serbes.

....

« SI » EST UN POISON

Et la recette pour se faire obéir, transmise de génération en génération depuis des millénaires, a fait ses preuves. Avec des menaces, on finit, le plus souvent, par obtenir d'un enfant qu'il range sa chambre, qu'il ne mette plus ses doigts dans son nez et qu'il aille se coucher. Avec des menaces, on parvient, tant bien que mal, à le dompter et même à le « bien élever », dit-on. Mais à quel prix ?

Évidemment, nous n'avons pas tous entendu, dans notre petite enfance, des ultimatums aussi terribles que ceux lancés à Tomislav et, d'ailleurs, la plupart du temps, quand bien même nous en avons pris, les uns et les autres, pour notre grade, nous nous en sommes sortis. Nous avons pleuré, certes, beaucoup pleuré et souvent même, pour ceux d'entre nous pour qui même pleurer était interdit, nous avons ravalé nos larmes ; mais c'est vrai, nous nous en sommes sortis. Et pas trop mal, tout compte fait. La preuve, diront d'aucuns, nous sommes là et « ça » ne nous a pas tués ! Et ainsi nous sommes nombreux à penser que, somme toute, ces menaces ont été plutôt utiles, qu'il le fallait bien si l'on voulait obtenir quelque chose de nous et qu'en un mot comme en mille, c'était « pour notre bien » !

Sauf que…

- « notre bien » prétendu n'est-il pas uniquement la récitation bien apprise de ce qu'on nous a dit et répété au point de nous en persuader absolument ?
- « notre bien » prétendu n'est-il pas, alors que nous sommes devenus adultes, la cause de certains de nos emportements et autres attitudes déraisonnables ?
- « notre bien » prétendu n'est-il pas souvent à l'origine de nos maux physiques, de nos maladies et autres troubles qu'on qualifie de psychosomatiques ?
- « notre bien » prétendu ne génère-t-il pas, même si ce n'est pas le seul facteur, les plus grands maux de nos sociétés ?

Car « fesser un enfant, écrit l'anthropologue Ashley Montagu, est semer la graine de la guerre[5] », tout comme, ajouterions-nous, l'humilier, le dévaloriser et, certainement, le menacer de perdre l'amour. Qu'y a-t-il de plus indiqué, effectivement, que cette détestable menace pour poser, ici et là, des bombes à retardement qui exploseront un jour ou l'autre à la face d'un partenaire, d'une famille, d'un pays ou même du monde entier ?

Sans doute ne sommes-nous pas tous devenus des assassins, des terroristes ou des tyrans sanguinaires, ni ne le deviendrons-nous jamais, mais n'aurions-nous pas pu nous passer de cette agressivité plus ou moins vive qui s'est installée en nous et que nous avons ensuite dirigée contre ce qui y a prêté le flanc ?

Pourtant, objecterez-vous peut-être, la menace brandie par nos parents de nous retirer leur affection n'était que poudre aux yeux, car il est évident que jamais ils ne l'auraient mise à exécution. C'est vrai. Dans la plupart des cas, ce n'étaient que des mots. Il est rarissime que le père Noël ne soit finalement pas passé. Heureusement ! Et quelle mère, même si elle en avait menacé sa progéniture, pouvait vraiment aller jusqu'à ne plus aimer l'enfant qu'elle avait porté parce qu'il mettait ses doigts dans son nez ou parce qu'il refusait de ranger sa chambre ? C'est insensé, bien sûr. Nous sommes d'accord. Il y avait bien peu de risques, en fin de compte, pour que nous perdions l'amour de nos parents, même s'ils nous assuraient haut et fort que cela nous pendait au nez.

Mais le fait est, pourtant, que même lorsqu'ils n'en croyaient pas, eux-mêmes, un traître mot, nous, enfants, nous y avons cru. Comment, en effet, lorsqu'on est petit, ne pas se dire : « Et si c'était vrai que papa partira si je ne suis pas sage ? », « Et si c'était vrai que maman ira m'échanger contre un autre plus sage que moi ? », « Et si c'était vrai que des méchants viendront m'enlever ? ». Comment ne pas sangloter la nuit dans son lit quand cette redoutable menace prend des formes monstrueuses ? Comment y demeurer imperméable alors que d'autres figures d'autorité corroborent cette idée ?

QUAND L'ÉCOLE S'EN MÊLE

Ce qui est stupéfiant, lorsqu'on prend du recul pour regarder en face la réalité de ce qu'on nous a inculqué et donc la puissance du poison distillé, c'est que tout le monde, ou presque, était complice de nos parents et, en particulier, nos instituteurs, professeurs, curés, rabbins ou imams.

....

Au cours d'un groupe de thérapie, Paul, soixante ans, partage ceci :

J'étais toujours le premier de la classe. J'avais intérêt parce que si jamais je revenais à la maison avec un 9 sur 10, et pas un 10, j'étais sûr de prendre une raclée !

Le pire – je m'en souviens comme si c'était hier –, c'était le sort réservé à ceux qui avaient les plus mauvaises notes. Les pauvres ! On épinglait sur leur tablier leur devoir portant en rouge leur note honteuse, on leur faisait coiffer un bonnet d'âne sur lequel il était écrit « cancre » et on les faisait aller de classe en classe pour qu'ils soient la risée de tous ! De quoi vous décourager définitivement de ne pas bien travailler. Pour moi, c'était impensable de me retrouver un jour dans cette situation et c'est une raison de plus pour laquelle je connaissais mes leçons sur le bout des doigts.

....

Certes, les choses ont évolué depuis. Toutefois, il semble bien, malgré les efforts accomplis depuis le milieu du siècle dernier, que, dans le fond, l'école s'attache encore à confirmer, dans l'esprit des enfants, la croyance suivant laquelle on n'est pas aimé pour ce qu'on est, mais pour ce qu'on fait.

QUAND LA RELIGION VIENT COURONNER LE TOUT

On peut toujours nous expliquer que Dieu nous aime et même qu'il est amour, que s'il lui arrive de nous punir, c'est parce qu'il « châtie celui qu'il aime » (Proverbes 3 : 12) et parce que c'est « pour notre bien » (Hébreux 12 : 10), qu'il a promis que « rien ne peut nous séparer de son amour » (Romains 8 : 38-39), que

« l'amour parfait bannit la crainte » (1 Jean 4 : 18), il n'en demeure pas moins que ce que la plupart des gens ont retenu de ce que leur disaient les ministres de leur culte, c'est qu'ils risquent de perdre l'amour de Dieu s'ils n'obéissent pas à ses commandements, s'ils ne respectent pas ses interdits, s'ils ne se conforment pas à ses préceptes.

Voici ce qu'on peut en lire :

- Dans l'Ancien Testament :

« C'est pourquoi, recevant un royaume inébranlable, montrons notre reconnaissance en rendant à Dieu un culte qui lui soit agréable, avec piété et avec crainte, car notre Dieu est aussi un feu dévorant. » (Hébreux 12 : 28-29)

« Car le Seigneur [...] frappe de la verge tous ceux qu'il reconnaît pour ses fils. Supportez le châtiment : c'est comme des fils que Dieu vous traite ; car quel est le fils qu'un père ne châtie pas ? » (Hébreux 12 : 6-7)

- Dans le Nouveau Testament :

« Je vous montrerai qui vous devez craindre. Craignez celui qui [...] a le pouvoir de jeter dans la géhenne ; oui, je vous le dis, c'est lui que vous devez craindre. » (Luc 12 : 5)

- Dans le Coran :

« Si vous aimez vraiment Allah... Allah vous aimera [...]. Obéissez à Allah [...]. Et si vous tournez le dos... alors Allah n'aime pas les infidèles ! » (Sourate 3 : 31-32)

Après donc avoir expérimenté que nos parents ont tout mis en œuvre pour que nous nous conformions à leurs attentes, nous sommes allés jusqu'à imaginer l'inimaginable. Nous avons, en effet, inventé que Dieu, pareillement, attendait de nous que nous obéissions à ses prétendus commandements. Nous avons eu l'audace de concevoir qu'il attendait de nous qu'ici nous nous couvrions la tête, que là, au contraire, nous ôtions notre couvre-chef, qu'ici encore, nous nous voilions, que là nous retirions nos chaussures, que là encore nous nous abstenions de manger et de boire, qu'ailleurs nous nous courbions, qu'ailleurs encore nous nous privions de coquillages et de crustacés, en sorte que nous avons conçu un Dieu exactement à l'image de nos parents et plus particulièrement à l'image de notre père qui nous commandait de lui obéir et de ne pas contester ses décisions.

Pourtant, de la même façon que, dans le fond, et quoi qu'ils en dissent, nos parents nous aimaient non point « si » mais « même si », Dieu, s'il y a, ne peut que nous aimer *sans condition*. Et s'il nous aime ainsi, c'est-à-dire d'un amour véritable, d'un amour qui ne peut jamais être retiré, alors il est sûr qu'il ou Il (selon que vous y croyiez ou non) ne nous demande rien et ne peut rien nous demander sans se nier lui-même.

LE POISON DANS L'ÂME

Ayant appris à conjuguer inlassablement nos relations avec des « si », nous en avons fait notre façon d'aimer. Nous aimons « si », nous n'aimons pas « si ».

Et c'est sur ce modèle que nous avons construit nos rapports avec autrui, sur ces fondations peu fiables que nous avons bâti nos relations amoureuses.

Il ne faut guère s'étonner dès lors qu'elles ne durent pas ou qu'elles donnent lieu à de douloureux déchirements, quand ce n'est pas à de véritables drames. « Nous ne sommes jamais tant démunis contre la souffrance, constatait Sigmund Freud, que lorsque nous aimons. »

Ce qu'ils ont dit sur l'amour et la douleur

Aimer est un mauvais sort, comme ceux qu'il y a dans les contes, contre quoi on ne peut rien jusqu'à ce que l'enchantement ait cessé.

Marcel Proust

Qui commence à aimer, doit se préparer à souffrir.

Chevalier de Méré

L'amour n'est pas fait pour nous rendre heureux. Je crois qu'il est fait pour nous révéler dans quelle mesure nous avons la force de souffrir et de supporter.

Herman Hesse

À celui qui n'a jamais aimé, l'amour offre un beau baptême de la douleur.

Jean-Marc Parisis

En nous apprenant l'amour « si », on nous a, qui plus est, distillé un poison dans l'âme : la peur. Non point la peur naturelle à l'espèce humaine comme à l'espèce animale qui se manifeste en présence d'un danger réel. Non point cette peur, effectivement, puisque tout nourrisson l'a connue avant même sa venue au monde, ne serait-ce que pour avoir redouté de ne pas sortir vivant de l'épreuve de la naissance. Non point cette peur qui nous ferait tous trembler si nous nous trouvions soudain face à un lion affamé ou à un tsunami dévastateur. Non point cette peur de la vie de tous les jours qui provoque une montée d'adrénaline quand nous sommes obligés de freiner à fond pour éviter d'écraser un piéton inopinément surgi de nulle part, quand nous apprenons qu'il y a quelque chose qui ne va pas dans notre bilan de santé ou quand nous échappons de justesse à la chute d'un pot de fleurs d'un balcon ; non pas cette peur-là qui est légitime parce que la réalité du danger est incontestable, mais cette sorte de peur fantasmatique qui n'est justifiée par rien qui soit un véritable péril.

C'est en nous faisant craindre une catastrophe qu'on nous a appris à avoir peur de tout et de rien. Même si nous avons grandi, même si nous avons compris que les misères annoncées ne se produiraient pas, nous avons gardé la peur sans son objet.

Entendons-nous cela qui va à l'encontre de notre habituelle façon de penser ? Nous considérons en effet que nous avons légitimement peur de nous faire agresser parce qu'il y a une recrudescence d'actes de violence, que nous avons légitimement peur de nous faire cambrioler parce que les voisins l'ont été récemment, que nous avons légitimement peur de porter nos bijoux parce que les vols à l'arraché sont de plus en plus nombreux et, dans un sens, évidemment, nous n'avons pas tort. Mais, en réalité, ces causes-là, celles qui justifient que nous ayons peur, celles qui font que nous blindons nos portes et que nous faisons installer des systèmes d'alarme, ne cachent-elles pas une autre cause qui leur préexiste ?

N'avons-nous pas eu, effectivement, avant toute chose, peur de perdre l'amour ? Cette peur-là, la peur d'être exclu, d'être rejeté, d'être renié, n'a-t-elle pas été la première ? N'est-ce pas elle qui s'est inscrite dans nos muscles qui se contractent, dans nos mâchoires qui se crispent, dans nos cous qui se raidissent, dans nos gorges qui se nouent, dans nos cœurs qui se serrent, dans nos yeux qui s'effrayent ? N'est-ce pas cette peur qui est gravée dans chacune de nos cellules alors même que nous avons oublié, parce que nous l'avons refoulé très profondément dans les replis de notre inconscient, son objet même ? N'est-ce pas cette peur qui s'est trouvée, alors, à la dérive et qui, ne sachant plus sur quoi se porter, a saisi toutes les causes d'exister qui passaient par là, des causes plus banales, des causes plus normales, des causes plus socialement correctes et plus politiquement « normales » ? Ne peut-on considérer que toutes nos bonnes raisons d'avoir peur, et elles le sont sans doute, ne sont dans nos vies que pour donner à notre crainte primordiale un bien-fondé acceptable quand il n'y

Il n'est point d'autre peur que celle de perdre l'amour et toutes les autres ne sont que substituts de celle-là.

a, en réalité, que l'inavouable peur de ne pas être aimé ? Car il n'est point d'autre peur que celle de perdre l'amour et toutes les autres ne sont que substituts de celle-là.

....

Témoignage d'une blogueuse :
J'ai peur de ne plus être aimée. J'essaye bien de me raisonner... Mais parfois, parfois je ne me raisonne pas. J'essaie bien de me dire que ce n'est pas grave, que je m'attache à des détails mais rien n'ôte cette peine dans mon cœur.

Du plus loin que je me souvienne, j'ai toujours eu peur de ne pas avoir de place dans le cœur des autres. Je doute. Un peu, beaucoup, énormément, à la folie mais jamais pas du tout. J'ai peur de ne pas/plus être aimée. Plus petite, je guettais le moindre signe d'amour de mes parents, je n'en avais jamais assez. J'avais peur, si peur qu'un jour mes parents ne m'aiment plus.

Depuis quelque temps, j'ai en moi une souffrance que je tente de ne pas écouter mais qui se rappelle à moi à la moindre occasion. D'ailleurs, rien que de l'écrire, les larmes me viennent aux yeux. Je me sens bête et futile, je tente de me raisonner mais c'est un peu comme une blessure mal cicatrisée qui se rouvre, alors j'ai de la peine et cela me submerge.

Aujourd'hui, j'ai eu de la peine. Énormément de peine. D'ailleurs, j'ai passé mon après-midi à pleurer. Je me foutrais des claques, d'être si puérile. Si sensible. Si tellement à fleur de peau. Cette peur de l'abandon, malgré mes 36 printemps. La sagesse ne vient donc pas avec les ans ? Mon problème (si tant est que cela fût un problème...) c'est qu'au fond j'ai si peur d'être abandonnée que j'en oublie de rester moi-même. Je souffre des attitudes de l'autre alors que paradoxalement il me semble essentiel de respecter ces attitudes justement, même si elles me peinent. Mais dès lors que je suis blessée, je n'ai plus la force. Je me sens comme un escargot, je n'ai qu'une envie, rentrer dans ma coquille et fuir, pour ne plus souffrir. Je sais bien que ce n'est pas ainsi qu'est la vie, il n'empêche que c'est ainsi que je la vis[6].

....

Élevés avec la peur, nous avons nécessairement perdu confiance en nous et nous nous sommes vus diminués par rapport à qui nous sommes réellement. Nous nous sommes d'autant plus rétrécis que, sous prétexte de modestie et d'humilité, il fallait, le plus souvent, ne pas se montrer ou, pire encore, à en croire les grands dogmes, il fallait demeurer pauvres et, en tout état de cause, se percevoir comme moins que rien et non pas, jamais, à la ressemblance de Dieu. Alors que les trois grandes religions monothéistes affirment qu'au sixième jour Dieu a créé l'homme à son image et à sa ressemblance, à peu près tous ceux qui consacrent leur vie à leur culte véhiculent un message qui est exactement l'inverse. Selon ce qu'ils disent dans leurs sermons, selon ce qu'ils disent aux enfants qui leur sont confiés, selon ce qu'ils écrivent, l'homme, pécheur s'il en est, est loin, très loin d'arriver à la cheville du Dieu dont il chante les louanges.

C'est de notre lumière que nous avons peur

Notre peur la plus profonde n'est pas que nous ne soyons pas à la hauteur. Notre peur la plus profonde est que nous soyons puissants au-delà de toutes limites. Ce qui nous effraie le plus, ce n'est pas notre côté sombre, c'est notre propre lumière[7].

Marianne Williamson

La peur est donc souvent devenue notre façon d'être au monde. Dans bien des cas, après que nous avons expérimenté dans telle ou telle circonstance de notre histoire que nous pouvions y survivre, elle est même devenue, en quelque sorte, source de jouissance. Pourquoi autrement la rechercherions-nous sur les grandes roues ou les montagnes russes des parcs d'attractions ? Pourquoi autrement payerions-nous pour vivre des frayeurs au cinéma ou à la corrida ? Pourquoi autrement certains d'entre nous iraient jusqu'à descendre des pentes vertigineuses à grande allure ou jusqu'à sauter d'un pont attachés à un élastique ?

Ainsi pouvons-nous nous créer, nous-mêmes, de terribles peurs, et cela révèle combien notre puissance est immense. À l'évidence, notre puissance est l'outil de notre grandeur, mais, faute de grandeur, elle s'est mise à servir des causes beaucoup moins nobles et c'est ainsi qu'elle est devenue toute-puissance illusoire.

Comment aurait-il pu en être différemment ? On nous disait que si nous n'étions pas sages, papa s'en irait, ce qui nous laissait entendre que nous avions, nous, nourrissons, bébés, petits enfants, le pouvoir de faire partir notre père. Incroyable, non ? On nous a fait croire, aussi, que si maman avait souffert à notre naissance, c'était à cause de nous. On nous a peut-être tenu des propos du genre : « Qu'est-ce que j'ai fait au bon Dieu pour mériter un enfant pareil ? » ou : « Il va me tuer, ce môme, il m'épuise, je n'en peux plus ! », de sorte que nous avons nécessairement et logiquement adhéré à la grande illusion de la toute-puissance.

Comme on nous a dit capables de prodiges aussi irréalisables que ceux consistant pour un nouveau-né à faire partir un père, à lui faire de la peine, à faire souffrir une mère, voire à la faire mourir, nous l'avons cru et, en bons élèves que nous avons été, nous avons tout logiquement donné à notre puissance des objectifs semblables, c'est-à-dire des objectifs impossibles à atteindre.

En se fixant des cibles aussi inatteignables, parce que ne dépendant absolument pas de nous, notre puissance est devenue toute-puissance. Et toute-puissance est impuissance.

Si, comme le disait Albert Jacquard au cours d'une conférence, « Dieu est innocent de la toute-puissance dont on a voulu l'accabler », l'enfant ne l'est-il pas tout autant, sinon davantage encore ?

Toute-puissance est impuissance.

De l'illusion de toute-puissance dont certains ont le plus grand mal à se défaire à la culpabilité qui, elle aussi, est une fâcheuse conséquence de l'amour « si », il n'y a qu'un pas qu'il n'est guère difficile de franchir. Imaginez qu'on ait dit et répété à un enfant, pendant les deux ou trois premières années de sa vie, que « papa partira[it] » et que papa soit effectivement parti un jour. Vous vous rendez compte de sa culpabilité !

• • • • • • • • • • • • • • • • • •

René, soixante-huit ans, raconte :

Quand on était gamins (nous étions trois : mon frère, ma sœur et moi), notre mère ne savait que crier après nous pour user de son autorité. On ne faisait rien de mal, mais, comme tous les enfants, on chahutait, on voulait encore jouer quand elle nous disait « à table », on ne voulait pas manger parce qu'on n'aimait pas les épinards, les pois cassés, les haricots verts et plein de choses encore. On était des gamins, quoi ! Ni plus ni moins. Alors, comme elle avait du mal à se faire obéir, elle s'énervait et elle hurlait. Elle nous disait qu'on allait voir ce qu'on allait voir quand notre père rentrerait à la maison et comme, souvent, ça ne suffisait pas – on n'en était plus à cette menace près –, elle essayait de nous attraper pour nous planter devant nos assiettes ou pour nous mettre au lit et, comme elle n'y parvenait pas, elle hurlait encore plus fort : « Vous allez me rendre folle ! » Quand notre père revenait du travail, elle lui rapportait combien nous avions été insupportables et, lui, en nous tapant dessus, il nous disait des choses comme : « Vous allez la tuer, votre mère ! », « Vous n'avez aucune pitié ! ».

Et puis un jour elle est tombée malade. Les médecins ont parlé de méningite. Le temps pour eux de poser ce diagnostic et c'était fini. On nous avait cantonnés dans notre chambre et c'est notre père qui est venu nous l'annoncer. « Elle est morte, nous a-t-il dit, vous me l'avez tuée ! »

Nous avions douze, dix et sept ans. Convaincus de notre horrible forfait, nous avons, sanglotant à chaudes larmes sur sa tombe, demandé pardon à notre mère pour tout le mal que nous étions supposés lui avoir fait. Et nous avons vécu avec l'énorme poids de ce crime pendant des décennies. Pour ma part, il a fallu cinquante ans, oui, cinquante ans, pour qu'au sein d'un groupe de paroles auquel une amie m'avait proposé de participer, j'entende l'animatrice me dire que je n'étais coupable de rien et que, si ma mère était morte, c'était son histoire.

Personne, jusque-là, ne m'avait jamais dit que j'étais innocent. Innocent de cet assassinat que je croyais avoir commis, mais innocent aussi de tous les soi-disant péchés que, par une espèce de compulsion de répétition, j'avais passé ma vie à me mettre sur le dos et à chercher désespérément à expier.

• • • • • • • • • • • • • • • • • •

QUAND NOUS-MÊMES SOMMES AIMÉS « SI »

Là où le bât blesse encore, c'est lorsqu'il s'agit non plus tant d'aimer, mais d'être aimé. Car aimant « si », il y a de fortes chances que nous attirions à nous des personnes qui, elles aussi, vont nous aimer « si ». Si nous faisons ce qu'elles veulent, si nous nous plions à leurs exigences, si nous nous conformons à leurs attentes, si nous arrêtons de faire ceci ou cela, etc. Et cette situation s'avère bien vite insupportable.

Insupportable l'idée que notre partenaire nous menace de s'en aller (et donc de ne plus nous aimer), si nous ne devenons pas celui ou celle qu'il ou elle voudrait. Insupportable qu'il ou elle ne nous aime pas pour qui nous sommes, mais tel(le) qu'il ou elle aimerait que nous soyons. Insupportable qu'il ou elle nous aime non pas pour nous, mais pour ce que nous faisons ou ne faisons pas ! Au point, nous-mêmes, de finir par ne plus l'aimer « si » il ou elle continue à nous pourrir l'existence comme cela. Ainsi vont les choses, ainsi va la vie et le « si » révèle, à qui veut les voir, ses effets pervers. Le « si » tue l'amour quand il voudrait le prouver.

Le « si » tue l'amour quand il voudrait le prouver.

AIMER SANS « SI »

Imaginez qu'on vous aime juste pour ce que vous êtes. Imaginez qu'on n'attende rien de vous, qu'on vous laisse tranquille, que vous soyez libre, totalement libre de vous épanouir et de vous réaliser selon vos propres aspirations.

Imaginez ! Pas les aspirations des autres. Les vôtres. Pas celles que vous croyez vôtres parce que vous vous êtes si bien adapté que vous êtes convaincu qu'elles viennent de vous. Les vôtres vraiment.

• • • • • • • • • • • • • • • • • •

Quand Jérôme annonça à ses parents qu'après le bac, il voulait faire de la musique, le sang de Bertrand, son père, ne fit qu'un tour. Lui qui misait tant sur son aîné, lui qui le voyait bien faire une grande université, lui qui s'était sacrifié pour lui payer ses livres et ses cahiers, ainsi que sa scolarité dans le privé, lui qui n'avait pas mérité ça, il entendait son fils dire qu'il n'ambitionnait guère que d'être un saltimbanque.

Si ce n'avait été de Jeanne, sa femme, il lui aurait sûrement dit qu'il n'en était pas question, que tant qu'il serait vivant, etc., et peut-être même que, si c'était comme ça, il ne voulait plus le voir. Mais la mère de Jérôme sut faire taire toutes ces réactions d'un autre temps. Elle venait de lire Apprendre à vivre et à aimer *de Leo Buscaglia dans lequel l'amour est défini – c'est ce qu'elle en avait retenu – comme le fait de laisser l'autre se réaliser selon ses propres aspirations, quitte à le laisser partir à l'autre bout du monde. C'est cela qu'elle aurait aimé, elle, quand elle avait dix-huit ans. Prendre le large. Découvrir d'autres cultures, les observer, les étudier. Aller en Indonésie, en Nouvelle-Calédonie, en Australie, en Polynésie. Mais elle était tellement sûre, à l'époque, que ses parents s'y opposeraient qu'elle n'en avait même jamais parlé et qu'elle avait renoncé à ses rêves, pour faire de modestes études d'aide-comptable, se marier et avoir des enfants.*

Ainsi, grâce à elle, Jérôme fit ce qu'il avait envie de faire et à tous ceux qui disaient à ses parents : « Mais vous n'avez pas peur ? Vous ne craignez pas qu'il en bave ? », Jeanne se chargeait de répondre, en citant Buscaglia : « Oser, c'est risquer l'échec, mais le risque doit être pris, car le plus grand danger dans la vie est de ne rien risquer. »

Quelques années plus tard, Jérôme était devenu un musicien talentueux que son père ne manquait jamais d'aller applaudir. Ce dernier était aussi assez fier de constater qu'en faisant ce qu'il aimait, en travaillant autant pour le plaisir, et pas seulement pour gagner sa vie, son fils s'en sortait beaucoup mieux et était beaucoup plus libre de son temps que ses copains du lycée qui avaient suivi la voie tracée par leurs parents vers des études de droit, de médecine ou de pharmacie.

• • • • • • • • • • • • • • • • • •

Imaginez donc que vous choisissiez de vous réaliser indépendamment des attentes de qui que ce soit d'autre. Juste en considération de vos propres désirs expurgés de tout ce qui ne vous appartient pas. Tout ne serait-il pas différent ? N'est-ce pas, dans le fond, ce que nous avons toujours voulu, sans jamais oser même le rêver ? Sans jamais concevoir que ce soit possible ?

Ce rêve, en effet, ne fait pas partie de ce qui nous était permis et nous ne pourrons pas refaire l'histoire. Mais nous pouvons, d'une part, apprendre à aimer autrement et, d'autre part, arrêter de transmettre aux générations futures les erreurs commises par celles qui nous ont précédés.

Pour autant, il ne s'agit ni de faire le procès de nos parents et de nos maîtres ni de les culpabiliser. Ils ont fait du mieux qu'ils ont pu avec le niveau de conscience qui était le leur et cela d'autant plus qu'une majorité d'entre eux a été éduquée selon les principes de la « pédagogie noire » dont parle Alice Miller.

Voici quelques-uns de ces principes :

- « les adultes sont les maîtres » ;
- « ils tranchent du bien et du mal comme des dieux » ;
- « il faut le plus tôt possible "ôter à l'enfant sa volonté" » ;
- « tout cela doit se faire très tôt de manière à ce que l'enfant "ne s'aperçoive de rien" et ne puisse pas trahir l'adulte »[8].

Il ne s'agit pas non plus, si nous avons nous-mêmes menacé nos enfants de les priver de notre amour, de nous en vouloir ou de culpabiliser. Nous avons, nous aussi, fait du mieux que nous croyions avec le niveau de conscience qui était le nôtre. Et puis le passé est passé ; seul l'avenir compte. Nul n'a le pouvoir de faire en sorte que ce qui s'est passé ne se soit pas produit, mais tout un chacun a le pouvoir de faire en sorte que le futur advienne selon ce qu'il souhaite.

Nul n'a le pouvoir de faire en sorte que ce qui s'est passé ne se soit pas produit, mais tout un chacun a le pouvoir de faire en sorte que le futur advienne selon ce qu'il souhaite.

NOS PLUS GRANDS REGRETS

D'aucuns diront que c'est impossible, qu'ils n'y arriveront jamais, qu'ils ont été « formatés », qu'il faudrait, pour que ça marche, leur greffer un autre cerveau, d'autres cellules, une autre conscience.

Si vous en êtes, c'est peut-être que vous vous dévalorisez. Et la question, alors, est de savoir si vous allez encore laisser le pouvoir à tous ceux qui, lorsque vous étiez enfant, vous ont dit que n'étiez pas capable, que vous étiez « nul », que vous n'étiez qu'un « bon à rien », les mêmes, en fait, qui vous ont annoncé, tant de fois, que vous n'auriez plus la faveur de leur amour si vous ne vous bougiez pas un peu.

Allez-vous continuer à leur donner le pouvoir sur votre vie et à leur aliéner votre liberté ? Allez-vous demeurer encore longtemps sous le joug de leur menace ?

Libre à chacun de choisir. Mais si vous optez pour, désormais, aimer sans « si », il y a de fortes chances pour que vous soyez, vous-même, aimé pour qui vous êtes vraiment. Et de fortes chances pour que, le jour venu, vous ne quittiez pas cette existence avec plein de regrets.

Parmi les plus grands regrets des mourants tels que relevés par Bronnie Ware[9], une infirmière qui a accompagné des centaines de malades en fin de vie, on trouve ceux-ci :

- « J'aurais aimé avoir le courage de vivre comme j'aurais voulu, et pas de vivre la vie qu'on attendait de moi. »

C'est le regret le plus fréquemment exprimé.

- « J'aurais voulu avoir le courage d'exprimer mes sentiments. »

On comprend, bien sûr, que ce soit un regret qu'ont la plupart des gens au moment de s'éteindre. Comment auraient-ils pu exprimer leurs sentiments, alors qu'ils avaient été convaincus, dès les premiers jours de leur vie, que s'ils le faisaient, et notamment s'ils se mettaient en colère ou s'ils disaient leur tristesse, ce serait la fin du monde, parce qu'ils perdraient l'amour de ceux dont ils dépendaient pour exister ?

- « J'aurais aimé m'autoriser à être plus heureux. »

Ce regret nous interpelle sans doute tous autant que nous sommes. Il nous fait nous demander si nous allons attendre notre dernier souffle pour l'exprimer à notre tour ; si nous pouvons éviter d'en être animés, à tout le moins pour la partie de notre vie qui est devant nous.

Il nous place nécessairement devant le choix de renoncer, ou non, à conjuguer le verbe « aimer » avec le moindre « si ».

La seule condition à l'amour est l'absence de toutes conditions.

Il nous confirme que la seule condition à l'amour est l'absence de toutes conditions.

Il nous ouvre la voie – et n'attendons pas de mourir pour l'emprunter – d'une autre façon d'aimer.

À vous, maintenant...

Installez-vous confortablement. De préférence, allongez-vous et placez vos deux mains, l'une au-dessus de l'autre, sur votre poitrine, comme si vous reposiez dans votre cercueil. Imaginez que votre dernière heure est arrivée et laissez venir vos regrets.

Alors, n'est-il pas temps, dès aujourd'hui, quel que soit notre âge, et même s'il est très avancé, de faire l'expérience d'aimer sans « si » ?

Sans « si » mais aussi sans attendre.

Aimer sans « si », c'est :

bannir de son vocabulaire et de sa pensée toute menace de privation d'amour ;

ne plus conjuguer l'amour avec la peur ;

s'affranchir et affranchir la relation de toute culpabilité ;

renoncer à l'illusion de toute-puissance ;

ne plus craindre ni la réelle puissance de l'autre ni la sienne propre.

CHAPITRE 2
L'amour n'attend pas

Il y a du bon dans l'attente, sans doute. Quel roman, série télé, film aurait quelque intérêt sans l'attente du dénouement ? Et que vaudrait une histoire d'amour sans le guet du facteur, l'attente d'un appel ou de la sonnerie signalant l'arrivée d'un texto ? À quoi rimerait-elle sans ce moment délicieux où un « j'arrive » plein de promesses se fait entendre derrière la porte de la salle de bains ?

L'ANGOISSE DE L'ATTENTE

« Indépendamment de ce qui arrive, n'arrive pas, écrivait André Breton, c'est l'attente qui est magnifique. »

Évidemment, il n'envisageait que l'attente de l'homme libre. Et non pas, certainement, celle de l'otage qui espère sa libération tout en se demandant, à chaque seconde, si l'instant suivant ne sera pas celui de son exécution, pas plus que celle du déporté ignorant tout de son sort et redoutant, en permanence, que sa dernière heure n'ait sonné.

André Breton n'envisageait pas, non plus, l'attente aux urgences, au guichet d'une administration, chez le dentiste, chez le médecin, à la caisse du supermarché.

LE BONHEUR DE L'ATTENTE

À n'en pas douter, lorsque le grand maître du surréalisme écrit qu'il « n'attend rien que de [sa] seule disponibilité, que de cette soif d'errer à la rencontre de tout », l'attente remplit de joie son être tout entier.

Et peu importe, convenons-en, lorsque nous sommes dans l'expectative qu'il se passe quelque chose dans notre vie, de l'objet sur lequel elle porte. Ce peut être la rencontre de l'âme sœur, bien entendu, la survenance de la fortune, cela va de soi, la réponse d'un producteur ou celle d'un éditeur, tout artiste en sait quelque chose. Ce peut être aussi la délicieuse attente, pour un enfant, du baiser d'une mère.

Proust et l'attente

Ma seule consolation, quand je montais me coucher, était que maman viendrait m'embrasser [...]. Mais ce bonsoir durait si peu de temps, elle redescendait si vite, que le moment où je l'entendais monter, puis où passait dans le couloir à double porte le bruit léger de sa robe... à laquelle pendaient de petits cordons de paille tressée, était pour moi un moment douloureux. Il annonçait celui qui allait le suivre, où elle m'aurait quitté, où elle serait redescendue. De sorte que ce bonsoir que j'aimais tant, j'en arrivais à souhaiter qu'il vînt le plus tard possible, à ce que se prolongeât le temps de répit où maman n'était pas encore venue.

Proust, *Du côté de chez Swann*

Paul Valéry envisageait le même bonheur lorsque, évoquant des pas venant à lui et l'imminence d'un baiser, il écrivait : « Ne hâte pas cet acte tendre/Douceur d'être et de n'être pas/Car j'ai vécu de vous attendre/Et mon cœur n'était que vos pas. »

Tout un chacun a connu de semblables situations. Tout un chacun a connu ce moment où, recevant un présent, l'envie de faire durer le plaisir à deviner ce que c'est, à défaire le paquet l'a emporté sur l'impatience de découvrir le cadeau. Tout un chacun a connu la délectation de l'attente d'un plat, favorisée par de délicieuses émanations venant des fourneaux, l'ayant emporté, en plaisir, sur la dégustation du mets elle-même.

Il est, en effet, aussi paradoxal que cela puisse paraître, des attentes qu'on voudrait, dans un certain sens, ne jamais voir finir et dont l'objet, si jouissif soit-il, se révèle, tout compte fait, importun. Le plaisir qu'il apporte étant moindre que celui de son attente, on en vient à regretter qu'il soit advenu. Ainsi en est-il parfois de l'orgasme qui s'avère décevant, procurant un plaisir moins intense que les attentions qui l'ont précédé.

Pour certains, l'attente est facteur d'une telle jouissance qu'ils n'hésitent pas à l'imposer aux autres. C'est le cas de cet avocat pénaliste dont la salle d'attente est pleine à craquer tous les soirs et qui a cette manie de donner la même heure de rendez-vous à tout le monde. « Venez à dix-huit heures ! » répond-il ou fait-il répondre au téléphone. C'est aussi le cas de ce médecin généraliste de quartier qui commence sa consultation une fois ses visites à domicile terminées et qui, arrivant au cabinet, souvent bien après l'horaire indiqué, trouve bondée une salle d'attente se prolongeant sur le palier et jusque dans l'escalier. Quel bonheur y a-t-il, pour l'un et pour l'autre, reconnus pour être l'un « maître », l'autre « docteur », d'être ainsi attendus ! Quel délice ! Et, finalement, pour les pauvres gens qui n'ont pas la position sociale voulue pour exiger d'être pris à l'heure, quel bonheur et quelle délectation d'être le malade d'un médecin ou le client d'un avocat dont la nombreuse clientèle témoigne, à elle seule, d'une belle réussite et quelle fierté, même au prix de deux ou trois heures passées à patienter, que d'en faire partie ! « La queue chez l'épicier jouit contre le mur », chantait Léo Ferré.

Il est si vrai que le bonheur se situe souvent dans l'attente que, chaque année, les chrétiens, avant Noël, attendent joyeusement la venue du Christ – c'est l'Avent –, alors même que tout l'Évangile dit sa présence, non pas une présence à venir, mais une présence annoncée comme étant déjà là. Le Christ ne dit jamais, en effet : « Je serai avec vous », mais : « Je suis avec vous », ce qu'André Gide avait exprimé autrement en disant qu'« attendre Dieu, c'est ne pas comprendre que tu le possèdes déjà ».

> **Le mot d'humour**
>
> — Allô, allô, mademoiselle ? Bonjour, euh… s'il vous plaît, vous pourriez me remettre la musique d'attente ?

Pourquoi, dans ces conditions, attendre ce qui est déjà là, si ce n'est, effectivement, pour se donner la félicité d'en jouir ?

Dans *Le Désert des Tartares* de Dino Buzzati, le lieutenant Drogo, affecté dans un fort isolé de tout, va passer trente ans à attendre que l'ennemi se montre enfin et, dans *Le Rivage des Syrtes* de Julien Gracq, Aldo, envoyé dans une forteresse dominant la mer qui sépare deux contrées en guerre depuis des siècles, va attendre toute sa vie l'événement qui pourrait dénouer la situation.

Comme quoi, il y a mille façons - et nous avons, les uns et les autres, les nôtres - de ne pas « hâter le terme de la volupté », comme aurait dit Ovide, mais d'« y arriver insensiblement avec des retards qui la diffèrent ».

On pourra utilement, à ce stade, peut-être en posant ce livre quelques instants, s'installer dans un fauteuil, fermer les yeux et se demander ce qu'on attend depuis toujours. L'ennemi, comme Drogo ? Et, dans ce cas, quel ennemi ? La mort qui se révèle finalement être l'objet réel de l'attente du même Drogo ? Ou, comme Aldo, rien d'autre que d'attendre encore et encore ? Ou quoi d'autre qui serait une quête insoupçonnée ?

QUAND L'ATTENTE DEVIENT PERVERSE

Mais l'attente jouissive peut aussi être celle du châtiment d'un coupable ou celle de l'heure de la vengeance.

Au cours de ces dernières années, les médias et, à leur suite, les hommes politiques au pouvoir ou dans l'opposition ont adopté, sans bénéfice d'inventaire, l'idée qu'après toute perte, il convient de faire son deuil. Prenant aux sciences de la psyché ce qui les intéresse, les premiers pour faire de l'audience et les seconds pour contenter leur électorat, ils se sont, à peu près tous, fait les champions d'une théorie simplifiée à l'extrême qui se décline en trois temps :

- premier temps : comme il y a dans les westerns des gentils et des méchants, il y a dans l'actualité des victimes et des persécuteurs ;
- deuxième temps : les victimes ont besoin d'être reconnues comme telles ;
- troisième temps : les victimes ne peuvent faire leur deuil que si les coupables sont châtiés à la hauteur de leurs espérances.

C'est cette psychologie de comptoir qu'on nous sert et qu'on nous ressert à longueur de discours démagogiques et de journaux, en particulier radiophoniques et télévisés. C'est cette psychologie simplifiée au point d'être simpliste qui forme les esprits et qui cherche à imposer une théorie des plus contestables.

Attendre la punition du coupable pour faire son deuil est un non-sens. Et prétendre au journal télévisé, à longueur d'année, avec l'aplomb de la détention d'une incontestable vérité, que l'un dépend de l'autre est, ni plus ni moins, de la part des médias, que grossier mensonge. De la part des hommes politiques, prompts à faire des discours prometteurs après des attentats ou des faits divers fortement médiatisés, c'est sinon une supercherie, du moins de la poudre aux yeux au fort parfum de populisme. De la part des avocats, c'est une façon déloyale de chercher à se faire de la clientèle.

Le deuil n'a rien à voir avec ce qu'ils disent et il est malhonnête de faire croire aux malheureux qui ont perdu un ou des êtres chers qu'ils trouveront de l'apaisement et du réconfort dans le fait qu'on aura arrêté et sévèrement jugé l'auteur du crime commis.

Le deuil, en effet, est un processus qui a maintes fois été décrit depuis qu'Elisabeth Kübler-Ross en a nommé les différentes étapes, et jamais le châtiment de l'autre n'en a fait partie, ni de près ni de loin. Le deuil ne dépend jamais d'un événement extérieur. Il ne dépend que de nous-mêmes. Il nous appartient et nul ne peut nous en déposséder.

Cette façon de penser s'inscrit dans un cadre plus large, celui de l'illusion de l'attente.

L'ILLUSION DE L'ATTENTE

« Rien n'est [...] plus improbable ni plus fantasmatique, écrit Nicolas Grimaldi, que d'attendre d'une personne la musicalité de notre vie. » Rien n'est plus illusoire, ajouterions-nous, que d'attendre de quoi que ce soit qui ne dépend pas de nous la survenance de jours meilleurs. Ce qu'Épictète disait déjà, il y a plus de deux mille ans. « C'est la marque d'un homme vulgaire et d'un ignorant de n'attendre jamais de mal ni de bien de soi-même mais d'en attendre toujours de quelque chose étrangère. » Et quand on se souvient qu'avant d'être un homme libre, l'auteur de ces mots avait été un esclave, son propos résonne plus fort encore.

> *Rien n'est plus illusoire que d'attendre de quoi que ce soit qui ne dépend pas de nous la survenance de jours meilleurs.*

Combien de temps de notre vie avons-nous passé à attendre ? Depuis que, du fond du berceau, nous attendions, en pleurs, que notre mère vienne enfin, combien de temps ? Depuis que nous attendions le jour de la rentrée, l'heure de la récré, la fin des classes, combien de temps ? Depuis que nous attendions que nos parents reviennent ou seulement qu'ils se réveillent enfin, combien de temps ? Depuis que nous espérions d'un premier béguin un regard, un geste, une invitation, une lettre parfumée, un appel téléphonique, un pas de danse, combien de fois avons-nous cessé de regarder la beauté de la Voie lactée en nous berçant de la promesse incertaine d'une autre beauté prochaine ? Combien de fois avons-nous oublié d'admirer le coucher du soleil en ne songeant qu'à un meilleur à venir ? Combien de fois avons-nous négligé de guetter l'éclosion des bourgeons en étant absorbé par l'idée d'autres choses annoncées ?

Est-ce à dire que nous ne serions définitivement voués qu'à attendre ?

Observant la réalité de ce qu'a été notre existence, nous serions tentés, probablement tous autant que nous sommes, de souscrire à cet aphorisme. En effet, de la même façon que, lorsque nous cessons de manquer de quelque chose, nous nous empressons de manquer de quelque chose d'autre, de la même façon, lorsque nous cessons d'attendre quelque chose ou quelqu'un, nous nous mettons aussitôt à attendre autre chose ou quelqu'un d'autre.

On peut alors se demander si l'être humain ne pourrait pas aspirer à sortir de ce cercle qui peut, quelquefois, virer à l'enfer. Car s'il y a, certes, du plaisir à attendre, il y a aussi, bien plus souvent, du désagrément, si ce n'est bien pire, comme la plupart d'entre nous ont pu fréquemment l'expérimenter.

L'attente qu'on ne sait pas empêcher, voire qu'on recherche, remet sans cesse le mieux à demain et, ignorant que, comme l'énonce le dicton, celui-ci est l'ennemi du bien, nous interdit de jouir du présent. Elle est donc toute illusion dès lors que le mieux attendu ne se produit jamais et que, si d'aventure il advient, il ne demeure guère. Car ce que nous attendions, disait encore Grimaldi, « n'était pas vraiment ce que nous

Le mot d'humour

SAL~~L~~E

~~D'~~ATTENTE[10]

imaginions attendre, puisque nous nous surprenons d'attendre encore[11] ». Elle est toute illusion, notre attente, parce que, véritable puits sans fond, elle est éternellement insatisfaite.

MAIS POURQUOI TANT D'ATTENTES ?

Attente... principe de la vie. Ces mots résonnent non pas seulement en tant qu'ils constatent ce qui est, comme une vérité, mais aussi en tant qu'ils concernent l'avenir, un peu comme une condamnation. Ils semblent signifier, effectivement, que nul être humain ne pourra jamais faire autrement que d'attendre.

Aussi longtemps qu'elle est synonyme de jouissance, cette perspective n'est pas désagréable. Mais dès lors qu'elle apporte avec elle un lot de souffrances et de larmes, devons-nous accepter ce sort ? Et sommes-nous obligés de nous résigner à le subir ?

Évidemment, d'aucuns seraient tentés de répondre que non. Non, absolument. Mais il ne suffit pas de le dire, ni même de le crier. Il convient, pour refuser la peine qui y est associée comme une incontournable fatalité, d'aller plus loin et de rechercher la raison pour laquelle nous sommes tellement attachés à l'attente, au point d'en avoir fait le principe de notre vie.

IL N'Y A D'ATTENTE QUE DE NOUS-MÊMES

Nous pouvons nous demander si tous les manques que nous vivons ne viennent pas en cacher un autre, plus fondamental, plus essentiel, un autre manque que nous ne voulons pas voir. Pour nous adapter à notre environnement et à ce que les autres attendaient de nous, n'avons-nous pas renoncé, très tôt dans notre existence, à qui nous étions vraiment, et n'avons-nous pas bien souvent oublié notre grandeur, du fait d'un nécessaire nivellement par le bas qui garantissait notre survie sur le plan psychologique ? Et, dès lors, tous les manques que nous passons notre temps à combler, le manque d'argent, le manque de temps, le manque d'amour, etc., ne pourraient-ils pas n'être que le substitut du manque de nous-mêmes, du manque de notre propre véritable dimension ?

Le paradis perdu qu'on retrouve dans de nombreuses traditions ne correspond-il pas à une époque où, avant de nous séparer du ventre de notre mère, nous n'étions qu'un avec elle, et peut-être aussi à une époque où nous n'étions qu'un avec l'univers et qu'un avec Dieu, pour ceux, du moins, qui s'y réfèrent ? Ainsi, tous les manques dont nous souffrons et que nous cherchons à combler seraient aussi, plus encore que celui de notre grandeur, à moins que cela ne revienne au même, le substitut du manque de cette unité primordiale connue jadis, le substitut, autrement dit, du manque de ce sentiment océanique cher à Romain Rolland dont nous avons la secrète et insondable nostalgie, du manque de ce « sentiment d'union indissoluble avec le grand Tout, et d'appartenance à l'universel », comme disait Sigmund Freud.

Il est alors tentant de penser, d'une part, que notre attente qui change perpétuellement d'objet participe du même processus et, d'autre part, qu'elle procède ainsi parce que notre inconscient l'empêche de se porter sur ce qui pourrait la satisfaire totalement. N'est-il pas légitime, en effet, d'imaginer que, comme pour le manque, cet objet ne serait autre que nous, en sorte qu'il n'y a d'attente que de nous-mêmes ? Et n'est-il pas légitime de considérer qu'au-delà de nous, cet objet serait, là aussi, plus fondamentalement, l'unité primordiale dont nous avons l'indicible et insoupçonnable souvenir ?

Il n'y a d'attente que de nous-mêmes.

LE PIÈGE CHARMANT

C'est sans doute dans les relations amoureuses que l'attente nous joue le plus de mauvais tours. En même temps qu'elle nous procure les frissons qui attisent nos sens, en même temps qu'elle stimule le désir, elle fait naître notre mal-être quand elle ne fait pas notre malheur. Car, quand bien même nous n'avons pas été nourris aux contes de fées habités de princesses et de princes charmants, l'attente que l'autre fasse notre bonheur est une attitude, une façon d'être même, qui, culturellement et fatalement, ne nous est guère étrangère. Et cette attente est malsaine pour cette raison que son objet est tout simplement impossible à atteindre. Qu'on le veuille ou non, nul ne peut jamais faire le bonheur de l'autre, pas plus que son malheur d'ailleurs, sauf à lui en donner le pouvoir. Vouloir qu'il en aille autrement revient aussi à se déposséder soi-même de la plus fondamentale des libertés, celle de gouverner sa propre vie.

Certes, les poèmes, les chansons, les romans, autant que les films et les séries, cultivent à l'envi l'idée du bonheur d'un esclavage idyllique. « Est-il un sort plus doux que d'être ton esclave, toi que je sers, toi que je sers ? » demandait Chateaubriand.

Ce n'est pas une raison pour tomber dans le piège, il est vrai, fort charmant, d'un servage que, passé les premiers émois, nul être humain ne peut vraiment accepter.

ET PENDANT QU'ON ATTEND… ON NE FAIT RIEN QU'ATTENDRE

« Le plus grand obstacle à la vie, c'est l'attente, qui se suspend au lendemain et ruine l'aujourd'hui. […] tout ce qui arrivera plus tard est du domaine de l'incertain : vis dès maintenant », écrivait Sénèque, tant il est vrai, ajouterions-nous, que rien ne nuit plus au bonheur que son attente. Attendre, c'est arrêter le mouvement, alors que vivre, c'est être en mouvement, être le mouvement.

Rien ne nuit plus au bonheur que son attente.

Un jeune réalisateur raconte :

J'ai passé des heures et des heures à attendre et à guetter les mails de mon agent, de mon producteur, des acteurs et du distributeur. Quand j'ai eu l'un, il a fallu attendre de trouver l'autre, et quand l'autre a été trouvé, il a fallu subir l'interminable attente des réponses des acteurs pressentis, puis celle du distributeur. Un calvaire d'autant plus éprouvant que le temps pour celui qui attend n'est pas le même que pour celui qui doit répondre. Pendant que le premier brûle d'impatience, l'autre n'hésite pas à reporter un rendez-vous, à le déplacer une seconde fois, si ce n'est une troisième. J'ai attendu fébrilement, jour et nuit, les messages, les mails et les appels, j'étais devenu totalement obsessionnel. Je ne pouvais pas rester un quart d'heure sans aller consulter mes nouveaux messages. Je cliquais sur « boîte de réception » aussitôt que j'ouvrais l'œil et je refaisais ce geste mille fois dans la journée. Et pendant ce temps-là je ne faisais pas grand-chose d'autre. C'était devenu infernal. Je n'écrivais plus rien, je ne lisais plus rien, je ne créais plus rien. J'attendais. »

Pourtant, qui peut s'empêcher d'attendre lorsqu'il espère un travail, une mission, un contrat ? Lorsqu'il espère des nouvelles, un signe de vie, un retour ? Lorsqu'il y va de sa santé ou de celle de ses proches ?

Personne, cela va de soi. Mais faut-il pour autant subir l'attente lorsqu'elle est présente ? Tout le problème est là, assurément. Tout le choix aussi. Subir l'attente ou l'accepter et, ce faisant, la transcender.

Le premier terme de ce choix n'a point besoin de développements. Le second mérite qu'on s'y attarde. Accepter et transcender. Accepter la réalité de ce qui est. Oui, c'est cela, j'attends. Et puis quoi ? Et puis, tout en continuant d'attendre et pour aller au-delà, ce qui est le sens de la transcendance, je poursuis le mouvement, toujours.

Si je suis peintre et que j'attends la réponse d'une galerie pour une exposition, je ne pose pas mes pinceaux, oui, surtout, je continue à peindre. Si je suis malade et que j'attends le résultat d'examens, je vis normalement, autant qu'il est possible, je vais au cinéma, au théâtre, au restaurant, je vois mes amis, ma famille, je pars en vacances, surtout je n'arrête rien. Si je suis sans emploi, je n'arrête pas de chercher du travail et, partant, je ne cesse pas d'envisager d'autres solutions. Je prévois toujours d'autres options au cas où. Je n'oublie jamais que le gagnant est celui qui, précisément, a d'autres cordes à son arc. Éric Berne disait fort justement: « Le gagnant sait ce qu'il fera s'il perd [...]. Le perdant sait ce qu'il fera s'il gagne [...]. »

Je ne cesse donc pas de donner du mouvement à la vie. Éventuellement j'accompagne ce mouvement en méditant. En méditant plus qu'en priant, dirait Comte-Sponville, car la différence entre la méditation et la prière est que la première, « elle, ne demande rien, n'attend rien, n'espère rien. Elle porte sur le réel (dont nos désirs font partie), non sur le souhaitable. Sur le présent, non sur l'avenir. L'attention, non l'attente, la fait vivre[12]. » Ce qui, sans doute, lui faisait écrire cette formule magistrale résumant fort bien tout ce qu'il faut avoir compris de la vanité de l'attente : « Le salut sera inespéré ou ne sera pas. »

QU'EST-CE QU'ON ATTEND POUR NE PLUS ATTENDRE ?

L'attente, disions-nous, comme principe de vie est inscrit dans nos cellules. Il y a tout lieu de penser que, pour ne plus attendre, il convient de la désinscrire.

Oui, mais comment? L'époque est à la reprogrammation des cellules. C'est si vrai que le prix Nobel 2012 de médecine et de physiologie a été attribué au Britannique John Gurdon et au Japonais Shinya Yamanaka pour avoir découvert que des cellules matures peuvent être reprogrammées pour devenir pluripotentes. Et ce qui est possible, biologiquement parlant, doit l'être psychologiquement parlant. Nous pouvons certainement, en effet, désinscrire de la mémoire de nos cellules ce qui ne nous convient plus. Nous pouvons dès lors mettre en place une autre programmation.

LA PRÉSENCE COMME ANTIDOTE À L'ATTENTE

Il existe de nombreuses techniques de reprogrammation cellulaire. À chacun de trouver la sienne. Et ce peut être, tout simplement, de s'entraîner, sans relâche, à une présence intense, jusqu'à ce que la présence à l'autre, la présence à ce qui est, devienne une façon d'être, alors que l'attente est une façon de ne pas être.

Car, passant notre vie à attendre que quelque chose arrive, « nous ne sommes jamais chez nous, nous sommes au-delà. La crainte, l'espérance, le désir [bref, l'attente] nous élancent vers l'avenir et nous dérobent le sentiment et la considération de ce qui est, pour nous amuser à ce qui sera, voire quand nous ne serons plus », avait déjà constaté Montaigne.

Il y a donc tout à gagner à être présent à ce qui est. Non plus dans l'attente de quelqu'un d'autre, mais présent à celui, à celle, à ceux qui sont auprès de nous ; non plus dans l'attente d'un ailleurs, mais présents ici, où nous sommes, seul lieu qui compte vraiment.

Ce n'est pas facile, c'est vrai. Il y a des bureaux, des ateliers, des usines où l'on préférerait ne pas avoir à être. Il y a des cours auxquels on préférerait ne pas avoir à assister avec des professeurs qu'on ne supporte plus d'entendre. Il y a des dîners où on préférerait ne pas avoir à écouter des gens avec qui on n'a pas envie de se trouver. Il y a jusqu'à des lieux de vacances où on préférerait ne pas être, faute de se sentir à l'aise avec ceux qui y sont aussi. Bref, il y a des moments où l'on n'attend qu'une chose et c'est qu'ils se terminent enfin. Le fait est pourtant, si souvent expérimenté par la plupart d'entre nous, que plus nous attendons qu'ils prennent fin, plus l'inconfort s'amplifie. Plus nous les subissons et plus, fatalement, nous en souffrons.

Ce qu'ils ont dit sur la présence et le temps

Ce qui est passé a fui; ce que tu espères est absent; mais le présent est à toi.

Proverbe arabe

Plus intense est le degré de présence, plus intense est l'acte d'exister.

Henri Corbin

La présence est une puissante déesse.

Goethe

Nous ne vivons jamais, nous espérons de vivre et, nous disposant toujours à être plus heureux, il est inévitable que nous ne le soyons jamais…

Pascal

Il importe donc d'assumer qu'on est là où on est, et qu'à un niveau inconscient, c'est sans doute le choix qu'on a fait pour apprendre la patience et la tolérance, et pour apprécier un « présent » (dans les deux sens du terme) qu'on s'est fait à soi-même pour grandir en amour.

LA QUALITÉ DE LA PRÉSENCE

Il va sans dire que la présence dont il est ici question se doit d'être totale, comme elle se doit d'être authentique et de ne pas ressembler à celle de Sainte-Beuve auprès de Victor Hugo : « Mon pauvre ami, lui écrivait ce dernier, il y a quelque chose d'absent dans votre présence qui me la rend plus insupportable que votre absence même[13]. »

La présence, pour être puissante, comme disait Goethe, pour être intense, comme dit Corbin, est, avant que d'être une présence à l'autre, une présence à soi. La condition de l'efficacité de celle-là étant la permanence de celle-ci. Présence à soi qui est faculté de reconnaître ses propres sentiments, de faire preuve de lucidité pour repérer les modes de fonctionnement qui sous-tendent sa propre subjectivité et, enfin, de déterminer ses systèmes de valeur. Présence à soi qui est présence en son corps pour être présence en son âme.

C'est la présence qui est antidote à l'attente. C'est par la présence à ce qui est que l'amour prend place.

C'est par la présence à ce qui est que l'amour prend place.

Aimer sans attendre, c'est :

ne pas remettre le mieux à demain ;

vivre le présent comme un cadeau ;

ne laisser à rien ni à personne
les rênes de notre vie ;

considérer que rien ne nuit plus
au bonheur que son attente ;

se souvenir qu'il n'y a d'attente que de soi.

CHAPITRE 3
Amour, quand je te tiens

Alors même que nous aspirons à la liberté ou à toujours plus de liberté, nous ne dédaignons pas d'avoir sur l'autre comme un droit de propriété et nous ne dédaignons pas, non plus, d'appartenir nous-mêmes à autrui, à une famille, à une communauté, à une patrie, à une religion. Il n'est pas exclu, d'ailleurs, que nous cherchions à appartenir, voire que nous jouissions d'appartenir.

LE BONHEUR D'APPARTENIR

Il y a du bonheur à appartenir, assurément. Qui appartient est uni aux autres. N'est-ce pas, d'ailleurs, ce sentiment d'unité que les hommes recherchent sans cesse en se réunissant en famille, en se retrouvant dans des stades, en se rassemblant dans des lieux de culte, en s'organisant en syndicats, en se regroupant dans des salles de concert et en formant des nations ?

À LA PREMIÈRE PERSONNE

J'avais six ans lorsque le père Noël m'apporta une belle carabine à plomb. Je ne sais plus si je la lui avais commandée, mais c'est ce qu'il avait pour moi dans sa hotte.

J'habitais à Oran, chef-lieu d'un département français secoué par un conflit que les Français d'Algérie continuaient d'appeler « les évènements » malgré l'ampleur qu'ils avaient prise, façon sans doute pour eux de conjurer la peur qui, d'attentats en représailles, gagnait en intensité.

La guerre s'était installée petit à petit, car une guerre d'indépendance ne se déclare pas. Les communautés continuaient à vivre ensemble, même si chaque nouvel attentat creusait un peu plus un fossé qui finirait par les séparer.

J'entendais des mots nouveaux que mes parents et mes grands-parents essayaient, tant bien que mal, de m'expliquer ; et c'est ainsi que le couvre-feu, qui cantonnait les gens chez eux le soir venu, avait pour moi quelque chose à voir avec le marchand de sable.

À Noël, cette année-là, les guirlandes et les sapins rivalisaient, pour décorer les rues, avec les drapeaux tricolores que la communauté française arborait aux fenêtres. Ici, les soldats n'étaient pas que de plomb ; ils étaient pour de vrai et ils sillonnaient la ville à bord d'automitrailleuses qui n'étaient pas des jouets.

Pour l'enfant que j'étais, ce décor fait de militaires et de bannières tricolores était devenu tellement banal que, deux ou trois ans plus tard, lorsque le vent de l'histoire fit exiler ma famille de l'autre côté de la Méditerranée, mon premier choc fut de constater qu'il n'y avait pas de patrouilles aux carrefours et pas de drapeaux aux balcons des immeubles !

J'avais six ans, donc, lorsque le père Noël m'apporta une belle carabine à plomb. À cette époque, une fois la nuit tombée, les habitants des quartiers européens se retrouvaient sur les toits en terrasse réservés habituellement au séchage du linge que les fatmas venaient étendre au soleil. Bravant le couvre-feu dans une joyeuse ambiance de va-t-en-guerre, munis de tout ce qui pouvait faire du bruit, les jeunes et les moins jeunes, tous sexes confondus, s'y réunissaient pour scander ensemble : « L'Algérie française ! L'Algérie française ! »

Comme c'était excitant de taper sur des casseroles et des poêles avec tous les autres et comme c'était beau, grandiose et pathétique de finir ces soirées en chantant à l'unisson l'hymne national, les larmes aux yeux et la gorge nouée ! Ensemble, nous ne faisions qu'un et notre commune appartenance procurait à chacun une infinie jouissance. J'étais fier d'être français !

Peu après le Noël de cette année-là, j'inventai un jeu : la crosse de ma belle carabine calée sur mon omoplate, je me positionnais derrière les persiennes fermées de ma chambre d'enfant, et je faisais feu sur les Arabes qui passaient dans la rue.

Pan ! pan ! et pan encore ! Combien de mes balles imaginaires ont-elles atteint en plein cœur des marchands de fèves ambulants, des chiffonniers sur leurs ânes et des ouvriers attendant le tramway de la ligne 13 ? Combien de jeunes gens et combien de pères de famille ont-ils péri sous le feu ardent de la carabine que le père Noël avait déposée auprès de mes petits souliers ?

Évidemment, je n'avais que six ans et ce n'était qu'un jeu ! Un jeu de gamin !

Et pourtant, pour peu que la guerre se soit généralisée et que j'aie un peu grandi, qui sait si, nourri de chants patriotiques, abreuvé de sordides histoires pour enfants, aveuglé par mon appartenance, et muni d'un vrai fusil, je ne serais pas allé combattre pour tuer l'ennemi ?

Ma naissance dans un camp plutôt que dans un autre, quelques chansons conçues pour nouer le larynx, des couleurs à faire couler des larmes, mon intense entraînement avec ma carabine et tous les ingrédients étaient réunis pour faire de moi un vaillant combattant ; jusqu'à ce qu'un autre en face, peut-être, convaincu lui aussi d'être du côté des gentils, nourri d'autres chants patriotiques, abreuvé de sordides histoires pour enfants et aveuglé par son appartenance, ne fasse de moi un héros mort pour la patrie.

Quelques décennies plus tard, alors qu'un reportage télévisé montrait des petits Palestiniens, mitraillettes au poing, vociférant leur haine pour les Juifs, les personnes qui étaient autour de moi réprouvèrent, de façon véhémente, qu'on puisse armer des enfants. À ce moment-là, j'ai eu conscience que, d'une certaine manière, j'avais été un de ces gamins.

Leurs chants étaient autres, mais, tout comme ceux que j'avais appris, c'étaient des chants qui enflammaient les cœurs ; leur hymne national était autre, mais c'était l'hymne de leur nation ; les couleurs de leur drapeau étaient différentes aussi, mais c'étaient les couleurs qui décoraient leurs mairies, leurs balcons et les cercueils de leurs martyrs ! Les mêmes ingrédients produisaient les mêmes effets et si j'étais né à Gaza dans les années 1990, il n'y aurait eu aucune raison pour que je ne fasse pas partie de la horde des jeunes prêts à tuer « du Juif » comme j'avais été un enfant prêt à tuer « de l'Arabe » ! Ayant connu la frénésie du bonheur de l'union contre l'adversaire, je savais intimement à quelle folie, à quelles atrocités, à quels drames, peut mener l'appartenance qui, tout à la fois, réunit et sépare.

J'avais six ans lorsque le père Noël m'apporta une belle carabine à plomb. Je ne sais plus si je la lui avais commandée, mais c'est ce qu'il avait pour moi dans sa hotte.

LA RANÇON SECRÈTE DE L'APPARTENANCE

Tous les discours des ayatollahs, des inquisiteurs et autres fanatiques de tous les temps l'ont démontré sous toutes les latitudes : la haine, lorsqu'elle a l'autre pour objet, devient légitime au regard du groupe auquel on appartient. Et c'est bien cette notion d'appartenance qui, seule, permet de comprendre comment des millions d'Allemands soudés par des chants rassembleurs, frénétiquement enthousiasmés par la noble alliance du rouge et du noir et habilement exhortés à s'unir envers et contre tous ont pu se laisser entraîner dans une folle aventure qui a fait de beaucoup d'entre eux les plus abominables bourreaux de l'histoire de l'humanité.

> *La haine, lorsqu'elle a l'autre pour objet, devient légitime au regard du groupe auquel on appartient.*

Et toutes les guerres le démontrent aussi : la pulsion de détruire l'autre, condamnée par la morale et par la loi, devient légitime au regard du groupe auquel on appartient. Car l'appartenance a une vertu majeure et insoupçonnée que nul n'avoue jamais : elle procure une couverture à nos instincts les plus sinistres et les plus sombres, en sorte qu'elle est porteuse d'une immense jouissance. Haïr l'autre sans aucun sentiment de culpabilité, tuer l'autre en toute impunité, s'en prendre à l'autre avec la caution de tous les siens, le démolir, le dénigrer, l'humilier, n'est-ce pas, au bout du compte, la rançon secrète de toute idée d'appartenance ?

Ainsi, le petit enfant qui, disions-nous, a été élevé à coups de menaces de perdre l'amour des siens trouve-t-il, sans doute, dans l'appartenance à un drapeau la rassurance qu'il recherchait et dans la possibilité de détruire l'autre, lorsque l'occasion s'en présente, l'exutoire qu'il fallait à sa rage accumulée.

Le fait est pourtant que, naturellement, nous faisons partie d'un groupe. Aurions-nous renié nos parents, nous n'en serions pas moins issus ! Aurions-nous renié notre religion, son influence est, sans doute, suffisamment ancrée pour qu'elle nous poursuive partout ! Aurions-nous tourné le dos à notre patrie, il n'est pas sûr que son hymne ne soit plus d'aucun effet sur nous, ne serait-ce que dans un stade ! C'est donc une réalité objective qu'il convient d'accepter. Que nous le voulions ou non, nous faisons partie d'un groupe. Mais cela ne suffit pas, et probablement parce que l'expérience de faire partie de notre famille d'origine comme celle de faire partie de notre communauté n'ont pas été probantes pour nous assurer d'un amour d'éternité, il nous faut, en plus, appartenir à ce groupe.

Ce qu'ils ont dit sur le fait de tuer en toute impunité

Ma liberté de tuer, c'est à la guerre que je l'ai trouvée. Il n'y a que là que tu peux le faire en toute impunité.

Charles Guyon

Des choses qu'on punirait de mort, si elles avaient été faites en cachette et d'autorité privée, sont louées parce que ce sont des généraux qui les font.

Sénèque

En appartenant, ou plutôt en nous jouant la comédie, souvent tragique d'ailleurs, de l'appartenance, puisqu'en réalité nul n'appartient à rien ni à personne, en appartenant, donc, nous renforçons le lien avec les autres ou, le cas échéant, avec Dieu, et, de la sorte, nous cherchons à réparer les incommensurables dégâts causés par la conditionnalité de l'amour qui nous a été prodigué. En appartenant, corps et âme, à l'autre, à notre équipe, à notre patrie, à notre foi, c'est comme si nous clamions *urbi et orbi* : « Voilà, cette fois,

Nul n'appartient à rien ni à personne.

c'est un amour indissoluble qui nous unit! » En voulant appartenir au lieu de nous satisfaire de « faire partie », c'est comme si nous proclamions à la face du monde que jamais plus nous ne serons rejetés, que jamais plus la menace d'être privés d'amour ne viendra nous terroriser. En appartenant, nous renforçons, évidemment de façon tout illusoire, notre identité.

LE BESOIN IDENTITAIRE

Nom, prénom, date et lieu de naissance, cela suffit pour être identifié juridiquement. Mais, émotionnellement, il nous en faut plus, beaucoup plus, ne serait-ce que parce que nous avons observé qu'en cas de danger couru par un membre quelconque d'un groupe, tout le groupe, que ce soit une famille, un clan, une race ou une nation, vient à son secours! L'Amérique voit-elle l'un de ses fils être retenu contre son gré quelque part dans le monde, elle se mobilise tout entière, parce qu'il s'agit d'un des siens! Un juif est-il assassiné portant une kippa sur la tête, toute la communauté manifeste en nombre, parce que la victime est un de ses membres! Un Noir est-il roué de coups par une bande de vauriens, toute une multitude de gens de couleur sortent dans les rues pour marquer leur révolte, parce que la peau de celui qui a été frappé est de la même teinte que la leur! Et ainsi, nous adhérons à la croyance que celui qui, par malheur, n'appartiendrait pas à un groupe et n'aurait donc pas l'identité adéquate ne pourrait compter sur aucun secours. Il est vrai que lorsqu'un otage n'est pas l'un de ses fils, l'empressement de l'Amérique est moindre! Que l'ardeur de la communauté juive à défendre le caractère sacré de la vie est moins intense si ce n'est pas un de ses membres qui a été attaqué! Que les gens de couleur ne manifestent pas dans les rues lorsqu'une personne d'une autre race subit le même sort!

Ainsi, ayant mesuré combien une identité a vocation à protéger, nous croyons bon de la souligner en collant les armoiries ou le symbole de notre région sur la vitre arrière de notre voiture, en portant la barbe ou en nous couvrant d'un voile, en laissant des boucles à nos cheveux et des franges à nos vêtements, en nous rasant le crâne, en élevant un crucifix à la croisée des routes, en hissant les couleurs de notre drapeau devant notre maison. En ne nous contentant pas d'une identité d'état civil qui nous distingue des autres, mais pas autant qu'il le faudrait, nous marquons que nous sommes semblables aux nôtres pour être pleinement rassurés et, ce faisant, nous soulignons que nous sommes différents pour être pleinement aimés. Notre prétendue différence nous fait mériter indéfectiblement l'amour de notre Dieu, l'amour de notre patrie, l'amour de notre clan, l'amour de l'autre. Si, en effet, nous étions comme les autres, qui ne sont pas de notre famille, pas de notre religion, pas de notre clan, pas de notre patrie, si nous n'avions pas les qualités particulières qui sont propres à notre famille, à notre religion, à notre clan, à notre patrie, si nous n'avions pas nos règles particulières, nos mets particuliers, nos coutumes particulières, il n'y aurait aucune raison pour que nous soyons distingués et aucune raison donc pour que nous soyons aimés. Mais dès lors que nous pouvons nous mettre debout pour chanter l'hymne de notre nation jusqu'à vouloir mourir pour elle, il est évident que nous méritons d'être aimés par elle ; dès lors que nous pouvons défendre notre langue et nos traditions jusqu'à verser notre sang, nous méritons l'amour des nôtres ; dès lors que nous pouvons porter les signes de notre foi jusqu'à adopter des accoutrements hors du temps, nous méritons certainement l'amour de Dieu.

En vérité, nous avons été aimés de façon si conditionnelle que nous recherchons intensément le contraire par tous les moyens, sans nous rendre compte qu'en procédant ainsi, nous ne faisons que reproduire le scénario qui nous a tant indisposés. Nous créons de la conditionnalité, puisqu'à l'évidence, « si », quelle que soit notre religion, nous ne nous imposons pas des jours de pénitence ou qui sait quelle privation, nous serons privés de la faveur de Dieu ! Nous créons de la conditionnalité, puisque nous nous obligeons à adopter des comportements sans lesquels, croyons-nous, nous perdrions l'amour des nôtres. Nous créons de la conditionnalité, puisque nous nous soumettons au bon vouloir de l'autre pour ne pas risquer de perdre son amour.

Et, ce faisant, nous avons toutes les chances de perdre l'amour tant convoité, car un partenaire à qui l'on appartient finira toujours par nous traiter soit en esclave (ce que nous sommes, puisque seul l'esclave appartient), soit en objet (ce que nous sommes aussi, puisque nous appartenons). Et une patrie pour laquelle nous aurons donné notre vie nous en sera reconnaissante, certes, mais sur un monument aux morts. Quant à Dieu, qui ne se peut concevoir qu'en ayant fait l'homme libre de son devenir, il doit bien rire de le voir se restreindre en liberté dans le but irraisonnable de lui plaire.

Seul l'esclave appartient.

Mais l'identité assassine celui qui croit qu'elle le protège et lorsqu'il s'en rend compte, il est souvent trop tard. L'appartenance rassure qui n'empêche aucun malheur, tant s'en faut. Toutes les guerres le démontrent qui ont commencé avec des fleurs aux fusils, et fini avec des fleurs sur des tombes.

Car c'est vaste illusion, effectivement, qui autorise à se croire différent parce qu'une croix, un croissant de lune, une étoile à cinq ou à six branches ou un encens parfumé marque le lieu de ses prières ! Le juif marque sa différence par rapport à celui qui ne l'est pas, mais, dans un espace où tout le monde serait juif, il la marquerait selon qu'il serait ashkénaze ou sépharade, russe ou nord-africain, éthiopien ou sabra, noir ou blanc. De même ferait le musulman qui souligne sa différence par rapport aux « mécréants », mais, en terre d'islam, il la souligne aussi selon qu'il est chiite ou sunnite ou selon qu'il est indonésien, marocain, égyptien ou albanais ! Et quand il n'y aurait plus qu'une seule religion, qu'une seule couleur, qu'une seule nation, il y aurait encore des clans pour que les uns se croient supérieurs aux autres et vice versa. Ainsi, le besoin qu'a l'être humain de se différencier de son prochain plonge indéfiniment dans un puits sans fond. Non parce que la différence n'existe pas, au contraire, mais parce que les hommes la situent là où elle n'est pas.

Nul n'est différent, en effet, parce qu'il proclame son « moi, je » qui pense que ceci ou que cela avec force et conviction. Nul n'est différent par rapport à un autre duquel il se démarque et auquel il se compare.

Qui je suis est bien plus grand que les étiquettes, les vêtements, les accessoires et les comportements que j'aurais pu adopter pour compter parmi les miens, pronom possessif s'il en est, afin d'être des leurs, pronom tout aussi possessif. Mon identité, je suis venu avec. Je suis un être unique, à nul autre pareil. Différent, je le suis de naissance, comme chacun des êtres humains qui peuplent cette planète. Ni moins ni plus. Ni supérieur ni inférieur. Ni en avance ni en retard. Ni au-dessus ni en dessous. Mon identité est juste qui je suis, qui n'a point besoin d'aller chercher en dehors de moi ce qui me distingue des autres et qui, au lieu de me différencier, me fait ressembler, imiter et reproduire.

Mon identité n'a point besoin d'artifice. Elle est tout ce que je suis qui inclut d'où je viens, pour autant que je ne me définisse pas qu'en fonction de ma naissance dans un lieu plutôt que dans un autre, dans une religion plutôt que dans une autre, etc. Elle inclut où je vais qui n'appartient à personne d'autre qu'à moi. Elle est ma lumière et mon ombre, mes talents et mes freins. Elle ne se définit pas par opposition à l'autre, mais en relation avec moi seul.

L'AUTRE VERSANT DE L'APPARTENANCE

Bien sûr, il y a l'autre versant de l'appartenance que beaucoup connaissent. Les gâteaux de nos mères et les recettes de nos grands-mères sont tellement meilleurs, nos traditions tellement plus belles, nos réunions de famille tellement plus riches et nos fêtes tellement mieux réussies ! Être ensemble, entre nous, entre gens qui se comprennent, qui ont le même passé, les mêmes expressions, les mêmes souvenirs, les mêmes épreuves et les mêmes joies, c'est tellement agréable ! Et notre histoire à nulle autre pareille, avec nos héros et nos martyrs ! Et notre liturgie incomparable ! Quel bonheur de se trouver ou de se retrouver parmi les siens et quel bonheur aussi d'être reconnu !

En terre étrangère, au détour d'une ruelle, un homme à la dérive entend parler sa langue ; tout à coup, il n'est plus seul, il revit. À l'autre bout du monde, un franc-maçon repère un symbole sur le fronton d'un édifice ; il frappe et se fait reconnaître ; on lui ouvre ; il est à la maison !

....

Un convive raconte au cours d'un dîner :

Dans ma famille, les autres, il fallait s'en méfier ! Ne jamais accepter un bonbon d'un étranger ! « On ne sait jamais, me disait-on, avec tout ce qui se passe et tout ce qu'on lit dans les journaux... et puis ils ne nous aiment pas ! Tu fais confiance et tu te retrouves avec un poignard dans le dos ! Regarde, on n'est pas bien entre nous ? »

On était si bien qu'on se regroupait sans cesse et l'immensité du monde à découvrir se réduisait à la peau de chagrin d'une famille, voire d'un quartier et, au grand maximum, d'une communauté. Mieux valait un petit cercle fermé, au mieux entrouvert mais refermable en cas d'alerte, qu'une réelle ouverture à la diversité qui pouvait devenir adversité !

....

Contrairement à ce qu'on pense généralement, le rassemblement des communautés dans un même quartier n'a pas toujours été le fait du prince et il a, le plus souvent, participé de la seule volonté des membres desdites communautés de demeurer entre eux. Les encyclopédies expliquent que les Juifs, dans la diaspora, se sont toujours regroupés, notamment pour être près de la synagogue à laquelle ils ne peuvent se rendre qu'à pied lorsque shabbat est venu, et il est aisé de constater que, dans de grandes villes comme New York, les quartiers chinois ou italiens se sont formés tout seuls.

C'est probablement qu'il faut à chacun un espace de sécurité pour y vivre sans avoir à confronter sa supposée différence avec le monde extérieur ou pour y revenir chaque fois que nécessaire.

Encore une illusion, sans doute. Un peu comme d'une mère le giron.

LE SYNDROME DE LA MÈRE POSSESSIVE

Le malheur, était-il déjà dit dans la « Prophétie de Néfertiti », c'est « chaque bouche [...] pleine de "aime-moi"[14] », ce qui permet de penser, sans trop grand risque d'erreur, que les riverains du Nil, à l'époque des pharaons, avaient déjà des mères possessives, tant il est vrai que le « aime-moi » en est un syndrome caractéristique.

Toute mère possessive, c'est un fait avéré, a peur de perdre et cette peur la fait vouloir posséder plus encore. C'est la peur, en effet, qui fait qu'elle envahit, étouffe, emprisonne son enfant. Et cela vaut pour le père qui peut aussi bien procéder de la même façon. C'est la peur qu'il arrive quelque chose à leur enfant qui les fait le surprotéger ; c'est la peur d'être privés de son amour qui les fait lui en manifester plus que de raison ; c'est la peur de le perdre qui les fait le retenir. La peur. Cette peur, qui, comme nous l'avons vu, est souvent devenue notre façon d'être au monde, est cause de ce que la plupart de nos géniteurs ont été, sont et – sauf si les mentalités changent, ce à quoi cet ouvrage aspire à contribuer – seront possessifs.

À la question « Que serait le comble de la misère ? », Marcel Proust répond : « Être séparé de maman[15]. » Et il ne fait aucun doute – des études sérieuses ont été réalisées sur le sujet[16] – que, si cette perspective l'effraye autant, c'est parce que sa mère est on ne peut plus envahissante. Elle l'étouffe. C'est à ce point qu'enfant, il se trouve un moyen de conserver toujours, en tout lieu, même en son absence, une relation intense avec elle. Grâce aux crises d'asthme, il étouffe. Inconsciemment, il entretient, maintient et renforce ainsi le lien avec elle, et cela quand bien même il en souffre énormément. On sait que ses crises s'intensifient après le décès de ses parents et ce n'est pas un hasard. En étouffant, Proust reproduit, dans son corps, ce qu'avait provoqué en son for intérieur l'amour de sa mère, un sentiment d'étouffement.

PRESSION ET POSSESSION

De la possession au chantage, il n'y a qu'un pas, si bien illustré par Romain Gary dans *La Promesse de l'aube*: « Je crois que jamais un fils n'a haï sa mère autant que moi, à ce moment-là. Mais, alors que j'essayais de lui expliquer dans un murmure rageur qu'elle me compromettait irrémédiablement aux yeux de l'Armée de l'Air, et que je faisais un nouvel effort pour la pousser derrière le taxi, son visage prit une expression désemparée, ses lèvres se mirent à trembler et j'entendis une fois de plus la formule intolérable, devenue depuis longtemps classique dans nos rapports: "Alors, tu as honte de ta vieille mère?" »

C'est évidemment le « coup » classique qui consiste à faire peser sur celui ou celle qui est objet de possession le lourd fardeau de la culpabilité, « coup » pervers dont les autres formes les plus connues et les plus pratiquées sont: « C'est comme ça que tu me remercies après tout ce que j'ai fait pour toi!? », « Si tu pars, je vais devenir folle. », « Si tu t'en vas, c'est bien simple, je meurs. »

Le psychanalyste américain Harold Searles, de la célèbre clinique Chesnut Lodge, a observé qu'un « individu devient schizophrène, en partie, à cause d'un effort continu - largement ou totalement inconscient - de la ou des personnes importantes de son entourage pour le rendre fou[17] » et, parmi les techniques utilisées à cette fin, il y a la menace exprimée par la mère qu'elle deviendra folle si, pour devenir un individu à part entière, son enfant doit se séparer d'elle psychologiquement. Le désir d'individuation est associé par ce dernier, en son for intérieur, à celui

Le mot d'humour

David et Sarah sont mariés depuis peu, mais déjà elle n'en peut plus : non seulement il a moins de désir pour elle, mais en plus il lui parle sans arrêt de sa mère. Et les petits plats de sa mère, et où il allait avec sa mère, et qu'est-ce qu'elle va faire, sa mère, si elle est seule ce week-end, et sa mère, et sa mère, et encore sa mère et, pendant ce temps-là, il ne pense même plus à lui faire l'amour. Sarah s'en ouvre à une amie qui lui donne une idée à mettre à exécution le soir même.

— Du noir, lui dit-elle, du noir, tu mets tout en noir. Tu achètes des draps en satin noir, tu poses des rideaux noirs, tu allumes des bougies noires et, dans ce décor irrésistible, tu l'attends allongée sur le lit à peine vêtue d'une nuisette noire cachant des dessous noirs en dentelle qui retiennent, par des porte-jarretelles noirs, de sulfureux bas nylon noirs. Et là tu peux être sûre que, ton mec, il va craquer et que, pendant une heure au moins, il ne va plus te casser les oreilles avec sa mère. Le soir arrive. Le décor est planté auquel Sarah ajoute du son. Deux enceintes noires diffusent une musique langoureuse. Elle attend son mari, certaine que, dans ce contexte, elle va le retrouver et l'avoir pour elle toute seule, le temps d'une étreinte inoubliable. C'est alors qu'il arrive et que, voyant tout en noir, les draps, les rideaux, les bougies et le reste, il est pris d'une terrible angoisse et s'écrie, terrorisé :

— Mon Dieu, mon Dieu, il n'est rien arrivé à ma mère, au moins ?

de rendre folle cette mère qui l'a porté, ce qui crée un conflit insurmontable le menant, lui-même, à la folie.

Sans aller jusqu'à cette extrémité, nombre d'entre nous qui ont eu des parents possessifs, ou l'un des deux, ont eu plus ou moins de mal à devenir autonomes (et souvent plus que moins), y compris ceux qui, pour se défaire de l'emprise exercée sur eux, ont rompu les amarres et sont partis s'installer aux antipodes. Car ce genre d'emprise poursuit qui en a fait l'objet jusqu'au bout du monde et par-delà même la mort de ceux qui l'ont exercée. Elle s'inscrit dans les strates les plus enfouies de notre mémoire et, de la même façon qu'un possédé a besoin d'être exorcisé pour être libéré des démons qui l'habitent, tous ceux qui ont vécu un amour possessif de leur mère (ou de leur père) ont besoin d'aller au plus profond d'eux-mêmes pour rétablir l'équilibre de cet amour et pour parvenir, eux-mêmes, à aimer sans posséder. Cela ne va pas, cependant, sans rendre hommage aux services rendus par la possession.

HOMMAGE À LA POSSESSIVITÉ

Il serait bien sûr contre-productif de jeter le bébé avec l'eau du bain. Aussi ne convient-il pas de vouer aux gémonies toute idée de possession. La possessivité, en effet, a souvent eu du bon. Elle a été un mécanisme de défense salvateur. Grâce à cette bouée de sauvetage, transmise de génération en génération, nos mères, à défaut de pouvoir s'en débarrasser, ont pu s'accommoder de leurs peurs. Elles ont pu faire avec leurs terreurs et éviter, ainsi, le plus souvent, de sombrer dans la folie.

De même, en rentrant nous-mêmes dans le jeu de la possession, dans le jeu de l'appartenance, nous nous sommes dotés d'une identité qui, même exclusive de l'autre, avait le mérite d'exister et de contribuer à la construction de notre personnalité.

Nous pouvons donc nous féliciter, même si nous en avons souffert, même si nous en avons pleuré, que nos mères aient été possessives. Nous aurions gagné à ce qu'elles ne le soient pas, certes, ou moins, mais le fait est que, pour beaucoup d'entre nous, elles l'ont été. Autant alors faire avec et envisager comment cette possessivité a été, est ou sera, elle-même, facteur de notre propre évolution, comment nous l'avons éventuellement dépassée, comment nous avons, le cas échéant, grandi avec, comment nous nous en sommes libérés ou allons le faire et comment, dans un sens, c'est elle qui, paradoxalement, nous amène à aimer sans posséder.

AIMER SANS POSSÉDER

Aimer l'autre, son enfant, son partenaire, quiconque, c'est avant tout lui faire confiance et le laisser libre, profondément libre de ses choix. Et c'est sans doute le plus difficile dans la relation à l'autre. Aimer et accepter la liberté de l'autre, même si cette liberté devait le conduire à s'en aller loin de soi. Quel paradoxe ! Et quelle vérité de l'amour aussi ! Tout le contraire de la façon dont l'amour nous a été enseigné ; tout le contraire de ce que véhiculent les romans d'amour, les tragédies du théâtre classique, les chansons et les séries télévisées. L'opposé absolu. Car si j'aime cet autre aussi fort que je le prétends, si je l'aime pour lui, pour elle, et non pas pour moi, n'est-ce pas vouloir, pour lui, pour elle, ce qui fera son bonheur ? Et si je l'aime aussi intensément que je le dis, n'est-ce pas pour me réjouir de son épanouissement, de sa réalisation, quand bien même ce serait sans moi, voire à des milliers de kilomètres de moi ? Si cet enfant qui est mien, je le laisse libre de ses rencontres, libre de ses sorties, libre de ses voyages, si à cet enfant j'ai appris que, quoi qu'il arrive, nous ne serons jamais séparés, au lieu que de lui insuffler à longueur de temps mon angoisse liée à la séparation, si je l'ai assuré que notre amour est éternel et que ni le temps passé sans se voir ni la distance entre nous ne pourront l'altérer, il sera véritablement en possession, c'est le cas de le dire, des meilleurs atouts pour suivre son propre chemin, tout en conservant avec moi un incomparable lien d'amour.

Ce qu'ils ont dit sur la possessivité

Deux personnes ne s'aiment vraiment que lorsqu'elles sont capables de vivre l'une sans l'autre mais choisissent de vivre ensemble.

Scott Peck

Posséder, c'est souiller.

Simone Weil

Et si ce partenaire que je voudrais tout à moi, je le laisse libre de ses sorties, de ses rencontres, si je l'ai assuré de mon amour quoi qu'il arrive, même si nos chemins devaient se séparer, il sera véritablement en possession des meilleurs atouts pour suivre son propre chemin, tout en conservant avec moi un incomparable lien d'amour. Qu'est-ce que je préférerais, demande, en substance, Comte-Sponville : que mon partenaire soit malheureux avec moi ou heureux dans d'autres bras ? Et ne peut-on pas se prendre à rêver d'une cérémonie de mariage où chacun des fiancés, au lieu de rabâcher sans cesse les mêmes textes, s'engage à aimer l'autre au point de se réjouir de son bonheur même si ce n'est pas avec lui ?

Le mot d'humour

C'est un homme qui demande à son épouse :

— Si je meurs, tu vas te remarier ?

— Bah, je n'en sais rien... Mais, tu sais, je suis encore jeune et belle, tu veux que je reste veuve toute ma vie et que je foute en l'air ma jeunesse ?

— Oui, c'est vrai, tu as raison. Remarie-toi, bien sûr.

Le lendemain :

— Au fait, si tu te remaries, il va vivre dans cette maison que j'ai bâtie avec amour ? Tu sais ce qu'il m'en a coûté d'efforts et de sacrifices pour la construire.

— Alors, qu'est-ce que tu veux, qu'on aille vivre à la rue ?

— Non, bien sûr que non. Vivez ici, bien sûr.

Le lendemain :

— Et dis-moi, il va conduire mon coupé cabriolet auquel je suis tant attaché ?

— Et quoi, tu veux qu'on prenne les transports en commun ?

— Non, non, prenez la voiture, c'est évident !

Le lendemain :

— Et il va quand même pas mettre mes costumes ? Tu sais combien j'y tiens, à mes costumes.

— Ah, mais ça, ça ne risque pas !

— Ah bon ! Pourquoi ?

— Ben, il est plus grand que toi !

Mais laisser l'autre libre de ses choix ne veut pas dire libre de faire n'importe quoi qui nous blesserait et nous détruirait. En certaines circonstances, en effet, il se peut qu'il soit plus sage de ne pas laisser l'autre courir vers des perspectives qui, sous prétexte, par exemple, de grand amour, ne seraient qu'illusoires ; il se peut qu'il soit plus raisonnable, sans pour autant l'empêcher de quoi que ce soit, de vérifier honnêtement ensemble si la quête poursuivie participe d'une réelle évolution personnelle et non pas d'une tentative de combler un vide qui ne sera, de toute façon, jamais rempli ; il se peut qu'il soit plus avisé, par amour pour l'autre, de le renvoyer à lui-même plutôt que de le renvoyer de chez soi, même avec amour.

Édouard raconte :

Alors que j'étais marié depuis plus de trente-cinq ans, je suis tombé fou amoureux d'une autre femme. Certes, il m'était arrivé, quelquefois, de vivre, ici ou là, une aventure sans importance et de réussir à faire en sorte que rien ne se sache, mais l'histoire que je vivais alors avait pris une telle dimension en seulement quelques semaines qu'il était devenu impossible de n'en rien dire à personne, et surtout de n'en rien dire à ma femme. Je savais bien que lui en parler, c'était prendre le risque de devoir cesser cette relation, ce que je refusais d'envisager. J'ai donc résisté aussi longtemps que possible et, finalement, un matin, j'ai craqué. J'avais passé une nuit blanche partagé, voire déchiré, entre l'impérieuse nécessité de me taire et l'irrésistible désir de lui dire ce que je vivais. J'en étais venu à imaginer, puisque je l'aimais et que j'étais persuadé d'aimer cette autre femme, de lui faire une invraisemblable proposition, celle de les chérir toutes les deux – genre une semaine sur deux et la moitié des vacances scolaires – et je m'étais convaincu de ce que, si elle refusait, ce serait l'autre que je choisirais, tant ma passion était sans borne.

Au petit-déjeuner, donc, je pris mon courage à deux mains et, après l'avoir assurée de tout mon amour, je lui déclarai que j'aimais ailleurs. Cet épisode fut l'acte 1, scène 1 d'une histoire d'amour encore plus merveilleuse que celle que je vivais en dehors de mon mariage. Il fut le commencement du recommencement, la preuve irréfutable que le feu d'un ancien volcan qu'on croyait éteint peut être rallumé, la démonstration incontestable que tout peut toujours se transformer, y compris la relation entre deux êtres qui ont pu croire que leur amour avait été usé par le temps et leur désir éprouvé par l'habitude.

Bien sûr, au cours des heures, des jours et des semaines qui suivirent, il y eut des larmes et de lourds serrements au cœur. Bien sûr, il y eut des moments où il s'en fallut de peu pour que tout basculât. Mais il y eut surtout, de la part de ma femme, une telle compréhension, une telle dignité, une telle grandeur que mon choix résolu à se porter sur l'autre, vira de bord et se porta sur elle. Pas un instant, elle ne me fit un reproche, pas un instant elle ne chercha à savoir ni où ni quand, pas un instant elle ne fut tentée de me désigner comme étant coupable de son infortune, ni de poser mes valises sur le palier. Enfin, pas un instant il ne lui vint à l'esprit de se battre pour me garder. Au contraire, à chaque instant, elle me manifesta son amour, meurtri sans doute, mais amour toujours, et elle me le prouva en m'assurant que j'étais définitivement libre de décider ce qui m'épanouirait le plus. L'immensité de cet amour m'a fait craquer pour elle, et c'est ensemble que nous nous sommes retrouvés à être pleins de gratitude pour cette autre femme qui, sans le vouloir, bien au contraire, avait causé notre rapprochement et c'est ensemble, en même temps, que nous nous sommes sentis désolés pour elle qui était entrée dans ma vie comme pour en sortir après avoir joué ce rôle.

En ayant pris, avec le temps, du recul sur ces évènements, j'ai réalisé combien une réaction de possessivité m'aurait inévitablement conduit à partir, c'est-à-dire qu'elle aurait produit l'effet inverse de celui recherché. De façon absolument incroyable, c'est le fait de me sentir libre de m'en aller qui m'a fait rester.

....

Laisser l'autre libre de ses choix n'a rien à voir, non plus, avec une licence des mœurs, quand bien même il y a toujours eu et il y aura toujours des gens pour dire : « Je lui ai fait confiance, et voilà ce qui est arrivé ! » C'est qu'il y a semblant de confiance et confiance. Le premier est un rôle qu'on joue dans une pièce qui a pour seul objectif de nous démontrer à nous-mêmes que nous avions bien raison de nous méfier. La seconde, soit la confiance véritable, implique un préalable indispensable, sans lequel faire confiance à l'autre ne peut que rester à l'état de louable intention. Ce préalable, c'est la confiance en soi. Car il n'est pas de l'un sans l'autre.

Se faire confiance, dans le cadre d'une relation amoureuse, c'est être assuré, dans le plus profond de son être, que son propre chemin de vie continuera quoi qu'il advienne, avec ou sans l'autre.

Se faire confiance, même si l'on préférerait passer sa vie avec l'être aimé, c'est être convaincu que son propre bonheur ne dépend de nul autre que de soi.

Évidemment, dans le cas d'un enfant, il ne saurait encore moins être question, au bord d'un précipice, de l'y laisser se jeter. Mais il s'agit, dès que possible, de le laisser se prendre en charge.

Il s'agit, dès que possible, de ne pas faire à sa place ce qu'il a toute latitude pour faire par lui-même.

C'est, tout en assurant sa protection, le laisser s'enrichir de ses propres expériences. C'est faire preuve d'un discernement suffisant pour assurer le juste équilibre entre sa nécessaire sécurité et son indispensable liberté.

POSSESSION, OUI, MAIS DE SOI

Être possédé, vouloir posséder l'autre, n'est-ce pas, au fond, signe de ce qu'on s'est dépossédé de soi-même ? Combien plus commode est-ce, en effet, de rejeter la faute sur l'autre quand quelque chose nous arrive plutôt que d'en assumer la responsabilité ? Et c'est, nous l'avons vu, ce que le jeu de la possession permet. En appartenant, que ce soit à une nation, à une religion, à une patrie, à un homme, à une femme, je ne suis responsable de rien de ce qui m'arrive. En possédant l'autre que je prends comme un objet et que, par conséquent, je peux jeter comme un objet, je ne suis pas davantage responsable de quoi que ce soit en pareil cas, puisque c'est lui, cet objet, qui n'aura plus répondu à mes attentes. Aussi la possession de l'autre et/ou par l'autre est-elle un excellent moyen de se défiler, de se débiner, de ne pas assumer.

Il s'agit donc, au lieu de vouloir exercer un pouvoir illusoire sur un autre être humain ou au lieu de vouloir appartenir à autrui, de reprendre possession de soi, c'est-à-dire d'accepter la responsabilité de tout ce qui arrive. Non point, encore une fois, en cherchant un coupable ou en se désignant comme coupable, ce qui serait la négation de toute responsabilité, mais en acceptant la réalité de ce qui est et en décidant d'agir en fonction de ce qui est. C'est cela, simplement, être responsable, rien que cela mais tout cela. Et c'est cela, aussi, reprendre posses-

Il n'y a de vraie possession que de soi.

sion du seul être qu'on peut vraiment posséder, car il n'y a de vraie possession que de soi.

« C'est une absolue perfection, disait Montaigne, et comme divine de savoir jouir loyalement de son être. » Pas l'être de quelqu'un d'autre. Son être.

Aimer sans posséder, c'est :

aimer l'autre pour lui, pour elle, et pas pour soi ;

se rendre à l'évidence de ce que seul
l'esclave appartient ;

renoncer à une appartenance qui rassure
et qui, au lieu d'empêcher les malheurs,
ne fait que les attirer ;

faire confiance et se faire confiance ;

cesser de se déposséder de soi-même.

CHAPITRE 4
L'amour, ça dépend

Avez-vous la croyance que, sans l'autre, il n'est point de bonheur possible ? Êtes-vous convaincu que si il ou elle s'en va, tout est fichu ? En quête de l'âme sœur, avez-vous le sentiment que vous ne serez heureux que lorsque vous l'aurez trouvée ? Et en toutes circonstances, reproduisez-vous le schéma de votre petite enfance lorsque votre bien-être dépendait de vos parents ?

QUAND NOTRE BONHEUR DÉPENDAIT DE NOS PARENTS

Celui qui a grandi auprès de parents qui se bagarraient sans cesse le sait bien : ses instants de bonheur étaient ceux qui succédaient aux périodes de terreur lorsque la réconciliation entre son père et sa mère ramenait le calme dans la maison. Ainsi l'humeur et la santé mêmes de l'enfant sont-elles fonction de l'état de la relation entre ses parents. Ils s'entendent bien, tout va bien. Ils se querellent et c'est l'horreur pour lui.

Les enfants face à la violence conjugale

– Marie (7 mois) pleure et crie dans son lit en entendant les éclats de voix de son père.

– Jonathan (10 ans) compose le 9-1-1 pendant l'altercation violente entre ses parents.

– Guillaume (15 ans) s'interpose physiquement entre sa mère et le conjoint de celle-ci dans le but de la protéger.

– Marianne (8 ans), cachée sous son lit, entend les coups, les pleurs et craint pour la vie de sa mère.

– Sophie (6 ans) et Julien (11 ans) haussent le volume de la télévision et se chamaillent pour ne plus voir et entendre le combat entre papa et maman. Ils tentent de les distraire pour désamorcer la crise et risquent ainsi eux-mêmes d'être violentés.

– Étienne (4 ans), installé dans son siège d'auto, voit, sidéré, son père empoigner sa mère, la projeter sur le capot de leur voiture stationnée sur le terrain du centre commercial où a lieu l'échange pour la garde de fin de semaine[18].

Ces enfants ont vécu, au plus profond de leurs tripes, l'expérience de la dépendance de leur bonheur ou, à tout le moins, de leur bien-être à l'harmonie parentale.

Si l'on ajoute à cela que les querelles dont ils étaient les témoins contenaient souvent le message induit de l'impossibilité pour l'un des parents d'être heureux sans l'autre, il y a toutes les chances pour qu'ils soient parvenus à l'adolescence, et plus encore à l'âge adulte, avec la certitude que quelqu'un d'autre qu'eux-mêmes était nécessaire à leur bonheur et qu'accessoirement, ils pourraient, eux-mêmes, faire le bonheur de l'autre.

UN HÉRITAGE CULTUREL

À peu près tous les contes de fées, nombre de tragédies, tant de romans et de poèmes, une majorité de films et des dizaines de chansons apprises par cœur véhiculent, depuis l'aube de notre existence, ce même message suivant lequel autrui a le pouvoir de faire notre bonheur.

Seul Marcel Cerdan pouvait faire le bonheur d'Édith Piaf au point pour elle de chanter et de faire chanter à tous, partout dans le monde, que si la vie le lui arrachait, elle « mourrai[t] aussi » !

Ce qu'en a dit Épictète

Si tu crois soumis à ta volonté ce qui est, par nature, esclave d'autrui, si tu crois que dépende de toi ce qui dépend d'un autre, tu te sentiras entravé, tu gémiras, tu auras l'âme inquiète, tu t'en prendras aux dieux et aux hommes. Mais si tu penses que seul dépend de toi ce qui dépend de toi, que dépend d'autrui ce qui réellement dépend d'autrui, tu ne te sentiras jamais entravé dans ton action, tu ne t'en prendras à personne, tu n'accuseras personne, tu ne feras aucun acte qui ne soit volontaire; nul ne pourra te léser, nul ne sera ton ennemi, car aucun malheur ne pourra t'atteindre.

Épictète

Hymne à l'amour, peut-être. À moins que non. À moins que ce genre de comportement qui nous a été enseigné comme étant de l'amour n'en soit pas tout à fait. À moins que ce ne soit d'abord de la dépendance, qui fait qu'on souffre et qu'on pleure beaucoup plus qu'on aime.

....

Martine raconte:

À dix-huit ans, j'ai rencontré mon premier grand amour. Ça a duré quatre ans. J'étais follement amoureuse. Et comme dirait Gainsbourg, «j'avoue, j'en ai bavé»... J'étais tellement dépendante de lui... Je n'allais bien que quand il souriait, je ne riais que quand il m'aimait, je ne vivais que quand il était là. J'en avais oublié que, moi toute seule, j'étais quelqu'un. C'était moi plus lui ou rien du tout! Alors, forcément, je ne pouvais pas concevoir ma vie sans lui. Il fallait qu'on se marie, vite. Et puis... arriva ce qui devait arriver, il a rencontré quelqu'un d'autre. Il était l'homme de ma vie, mais je n'étais pas la femme de la sienne.

Par la suite, après quelques mois de déprime totale, j'ai eu des histoires... bien sûr, mais comme j'étais terrorisée à l'idée de m'attacher et de souffrir à nouveau, les ruptures se succédaient et les drames s'enchaînaient...

Les années ont passé, mes amies se sont casées, les bébés sont arrivés... et, moi, j'étais toujours seule avec ma frousse de dépendre de quelqu'un, qui me rendait plus seule encore. Au bout du compte, voyant la trentaine arriver à grande allure, j'ai essayé un site de rencontre... et j'ai rencontré le nouvel amour de ma vie. Au bout de trois ou quatre mois, je rendais les clés de ma location, je m'installais chez lui... et je me fondais dans sa vie... Les soirées, c'était ses amis, les week-ends, c'était sa famille... Je conjuguais à merveille les « nous, on... » : « Nous, on n'aime pas les polars, nous, on n'aime pas les séries américaines, nous, on aime bien un petit verre avec le fromage, nous... on adore les comédies musicales », etc. Et moi, je n'existais que dans ce foutu « nous, on ». En fait, j'étais comme convaincue que si j'existais par moi-même, ça ruinerait la relation. Et c'est évidemment le contraire qui s'est produit. C'est parce que je n'existais pas par moi-même qu'il m'a plaquée. Il en a eu marre d'une femme qui ne savait pas dire « je » et il m'a quittée alors même que je rêvais de faire comme mes copines, mariage, enfants et tout ce qui s'ensuit. Autant dire qu'il m'a fallu quelques années de psy pour m'en remettre...

Par chance, j'ai fini par rencontrer quelqu'un d'autre. D'emblée, il ne m'a pas laissé d'autre choix que d'exister par moi-même et pour moi-même. Au début, ça n'a pas été facile. J'étais tellement habituée à la fusion ! Mais je m'y suis faite. Même si j'avais envie que ça aille vite, même si je voulais de la passion, j'ai accepté que ce soit moins explosif (au moins, comme ça, ça n'allait pas me péter à la figure !). L'air de rien, mon amoureux m'oblige à exister par moi-même et, au contraire de ce que j'avais toujours pensé, ça renforce la relation. Alors... à quand les dragées ? Mais... Chut !

....

POURQUOI LA DÉPENDANCE ?

Chacun a bien perçu, dès ses premières amours, combien la dépendance est synonyme de souffrance et, pourtant, quel que soit le prix à payer, nous l'avons adoptée comme notre manière d'être en relation avec autrui. Serait-ce pour cette raison qu'aussi longtemps que mon bonheur dépend de mon prince charmant ou de ma princesse, j'ai toutes les chances de ne pas être coupable de l'échec de la relation ? Si, en effet, cette dernière avait pour mission de me rendre heureux et que ça tourne mal, c'est forcément sa faute, si bien que la dépendance est, en quelque sorte, un mécanisme de défense qui crie, en permanence: « C'est pas ma faute ! », comme le fait un enfant - celui que nous sommes restés - qui prononce cette phrase avant même que quiconque ne l'ait grondé lorsqu'un verre est cassé. Et d'ailleurs, dans cette hypothèse, je ne serais pas le seul à le clamer, car mes parents, mes amis joindront immanquablement leurs voix à la mienne.

« C'est pas d'sa faute! Le pauvre, il est mal tombé avec cette fille! Je le savais, qu'elle ne le rendrait pas heureux! » Qui n'a jamais entendu ce genre de propos? Et quel bonheur, dans l'infortune, pour la personne concernée d'avoir, de tous côtés, la confirmation que, non, vraiment, ce n'est pas sa faute! Dès lors que le soin, sinon la charge, de son bonheur était entre les mains d'un autre, les dés étaient pipés d'avance pour le cas où ça ne marcherait pas. Elle n'est pour rien dans ce qui lui arrive.

C'est aussi invraisemblable que cela! Sans doute parce que notre éducation a été faite sur fond de recherche d'un coupable (« Qui a fait cela? » demande le père à l'enfant; « Qui a déchiré le livre? » demande l'instituteur; « Qui te rend si hardi de troubler mon breuvage? » demande le loup à l'agneau dans la fable de La Fontaine), tout se passe comme si, pour éviter de revivre le drame de l'accusation qui a hanté notre petite enfance et, partant, celui de la menace d'une punition, nous avions inconsciemment construit un système de dépendance pour être en mesure, en permanence, de plaider « non coupable » et de toujours clamer notre innocence.

QUAND LA DÉPENDANCE VIRE AU PIRE

Il y a des personnes, et Dieu sait si elles sont encore trop nombreuses, qui ont un tel besoin de se déculpabiliser qu'elles vont substituer, afin qu'elle soit plus forte encore, à la dépendance à la mère et plus généralement à la dépendance à l'autre, la dépendance à l'alcool, au tabac, à la drogue. Ainsi passeront-elles à leurs propres yeux pour des victimes absolues, si ce n'est même quelquefois définitives, de leurs propres addictions, de la vie, du système. « Il a tout essayé pour arrêter, le malheureux, mais c'était plus fort que lui, il avait commencé si tôt qu'il n'y est jamais arrivé ! Et tout ça par la faute du lobby de l'industrie du tabac ! » « C'est l'alcool qui l'a tué ! » (Sous-entendu : ce n'est surtout pas lui.) « Elle est morte d'une overdose. » (Entendez : d'une cause extérieure.) « Il a chopé le sida à cause de cette maudite drogue ! »

Aussi toute dépendance participe-t-elle d'une tentative plus ou moins désespérée de se déculpabiliser, puisque toute dépendance a pour fonction cachée la négation de toute responsabilité, la recherche d'un fautif et le rejet sur autrui ou sur autre chose de la faute supposée.

ET AU MOINS PIRE

D'une certaine façon, tout bien considéré, nous sommes nombreux à être dépendants de quelque chose, même si l'objet de notre addiction n'est pas dangereux pour notre santé et encore moins pour notre vie. Ainsi, dans un monde où les prévisions météorologiques ont pris une importance considérable (le créneau météo est parmi les plus chers pour les annonceurs de publicité sur les chaînes de radio et de télévision), nous sommes tous devenus plus ou moins météo-dépendants. Certes, la mythologie et la littérature nous démontrent que les anciens l'étaient tout autant. Ils dépendaient souvent tellement du temps pour les récoltes qu'ils en ont conçu des dieux. Cependant, une chose est la météo-dépendance alimentaire, une autre est la météo-dépendance qui fait que nous annulons un long week-end prévu de longue date au bord du lac ou à la mer parce que les prévisions ne sont pas bonnes, que nous nous lamentons toute la journée parce qu'il fait un sale temps et que nous sommes de mauvaise humeur parce que le soleil ne veut pas se montrer. En nous comportant ainsi, nous ne nous rendons souvent pas compte du pouvoir que nous donnons aux nuages et de celui dont nous nous privons de demeurer dans la joie quelle que soit la couleur du ciel.

Cela me rappelle une carte postale reçue d'un ami :

> *Cher Jacques,*
>
> *J'espère que tes vacances se déroulent à merveille. Pour nous, ici, tout est parfait. Certes, il pleut sans discontinuer depuis que nous sommes arrivés, mais l'établissement où nous sommes est conçu de telle sorte que nous n'en avons cure. Je t'avoue que dans les premières heures nous pestions un peu de ne pas avoir choisi la bonne semaine, mais, alors, nous avons été étonnés de voir des gens se baigner dans le lac que surplombe la terrasse de notre chambre. Nous sommes descendus au spa et l'hôtesse nous a fait visiter un espace rendu lumineux par d'immenses baies vitrées coulissantes, équipé de chaises longues, prolongé d'une terrasse couverte avec un jacuzzi ouvert sur la montagne et sur le ciel, elle-même donnant sur un escalier menant au lac dont, nous a-t-elle dit, l'eau était à… Tu ne me croiras pas… Il faisait à peine 16 ou 17 degrés dehors et la température de l'eau était à… 23 degrés ! Incroyable, non ? Aussi, malgré la pluie, nous n'avons pas hésité à plonger et ç'a été un vrai bonheur ! Nous vous envoyons, à Nicole et à toi, de gros baisers de cet endroit magique qui semble avoir été conçu spécialement pour jouir de la vie quel que soit le temps qu'il fait !*

Ainsi la dépendance est-elle une façon pour nous, socialement et politiquement acceptable, de ne pas assumer la puissance qui est la nôtre. La puissance, pas le pouvoir. Et c'est peut-être parce que notre éducation nous a conduits à croire que l'une valait l'autre et, finalement, à privilégier le pouvoir exercé sur l'autre comme aussi celui que d'aucuns exercent sur nous, plutôt que la puissance qui ne concerne que nous et qui est la mise en œuvre de nos propres facultés.

Ce qu'ils ont dit sur la dépendance

Le vrai bonheur ne dépend d'aucun être, d'aucun objet extérieur. Il ne dépend que de nous…

Le dalaï-lama

Pour moi, il n'y a que d'heureux présages; car, quoi qu'il arrive, il dépend de moi d'en tirer du bien.

Épictète

Il y a une sorte de bonheur qui ne dépend ni d'autrui ni du paysage, c'est celui que j'ai toujours cherché à me procurer.

Jean Giono

MERCI, LA DÉPENDANCE

L'une des plus grandes angoisses de l'être humain, c'est sans doute l'angoisse de la séparation. Freud l'avait entrevu. Spitz l'a vu et Bowlby en a fait une théorie. On se demande d'ailleurs comment l'humanité a pu attendre jusqu'au XXe siècle pour réaliser non seulement que tout bébé est une personne, mais aussi que les séparations avec sa mère (la première, qui est le fait même de sa naissance, et celles qui ont suivi) ont eu une influence certaine sur ses relations avec autrui. Dites-moi comment votre mère se séparait de vous lorsqu'elle allait faire des courses, vous confiait à la voisine, partait en week-end sans vous, et je vous dirai, pourrait oser tout thérapeute avisé, si votre attachement a été « sécure » (pour emprunter le mot à John Bowlby) et si, dès lors, vous souffrez ou non de l'angoisse de séparation ou du sentiment d'abandon.

À LA PREMIÈRE PERSONNE

Quand j'étais enfant, il arrivait souvent que ma mère s'en aille. Avant qu'elle ne franchît la porte, je hurlais et m'agrippais à elle désespérément. Aussi, pour se dégager et pouvoir filer en me laissant à ma grand-mère, entreprenait-elle de me mentir. «Je reviens dans cinq minutes», assurait-elle. Ce n'était pas vrai. Elle partait pour tout l'après-midi ! C'est quelques années plus tard, en la voyant faire avec ma sœur cadette et ensuite avec mon petit frère que j'ai réalisé comment elle s'y était prise avec moi. Témoin des mensonges grossiers qu'elle leur faisait, j'ai mesuré combien j'en avais été dupe. Et c'est beaucoup plus tard, en ayant, d'ailleurs, le souvenir précis de certains de ces mensonges, que j'ai compris pourquoi je vivais toute séparation comme un véritable drame et pourquoi, dans le même temps, j'étais tellement attaché à ma mère.

C'est l'angoisse de séparation et le sentiment d'abandon qui nous font dépendre d'autrui. Parce que la dépendance les calme et les apaise. Elle agit certes comme un pansement sur une jambe de bois, mais le fait est que, faute de trouver autre chose, elle agit. Elle est toute illusion mais, comme disait Jung, « [l]es illusions ne seraient pas si répandues si elles ne servaient pas à quelque chose» et cette illusion-là nous permet de nous raconter que «ça va!» quand ça ne va pas tout à fait, quand ça va moyen, et même quand ça ne va pas du tout, un peu comme nous le faisons quasiment chaque jour en répondant par ces mots à tous ceux que nous saluons de près ou de loin.

Arrive un temps cependant où l'on n'en peut plus de dire «ça va» quand ça ne va pas tant que cela, un temps où l'absence de vraie liberté devient insupportable, un temps finalement où trop de dépendance, et tant mieux s'il y en a trop (il faut que la coupe soit pleine pour qu'une goutte de plus la fasse déborder), où trop de dépendance, donc, fait tout voler en éclats.

Aussi une dépendance accrue peut-elle mener à l'autonomie. Et c'est pourquoi l'autonomie doit à la dépendance respect et gratitude.

Évidemment, il y a des gens qui demeureront toute leur vie dans la dépendance, voire qui mourront dépendants. C'est sans doute qu'ils n'auront pas retrouvé leur propre puissance. On dira alors qu'il n'y a pas lieu de rendre grâce à quoi que ce soit. À moins qu'une telle situation de dépendance ne permette à ceux qui l'observent de choisir, avec encore plus de détermination, de ne dépendre de rien ni de personne. À moins, plus simplement, que les expériences des uns ne servent aux autres, comme le démontrerait la théorie du centième singe selon laquelle l'apprentissage acquis par l'un des membres de l'espèce se propage naturellement aux autres, et comme le révèle la simple observation de nos enfants ou petits-enfants qui sont capables à deux ou trois ans à peine, sans qu'on le leur ait vraiment appris, de télécharger une « applic » sur une tablette ou de trouver une vidéo sur YouTube.

ADIEU, LA DÉPENDANCE, BONJOUR, L'AUTONOMIE

L'autonomie n'est pas l'indépendance. La confusion entre ces deux notions est communément faite.

L'indépendance, pour une personne, souffre de ce qu'elle n'existe et ne se définit que par rapport à une autre personne. Penser en termes d'indépendance, du moins dans le contexte des rapports interpersonnels, c'est, paradoxalement, penser en termes de dépendance. C'est adopter un comportement qui est fonction non pas de soi, mais de celui ou celle dont on veut se démarquer. C'est donc avoir, qu'on le veuille ou non, et alors même d'ailleurs que précisément on ne le veut pas, cet autre pour référent et, par conséquent, dépendre de lui. Ainsi une personne qui recherche son indépendance ou qui se prétend indépendante sera-t-elle amenée à réagir, plutôt qu'à agir, c'est-à-dire à adopter une attitude qui, au lieu d'être la manifestation de qui elle est vraiment, exprimera comment elle se positionne par rapport à celui, à celle ou à ceux dont elle veut se « libérer ».

Dès lors, l'indépendance est toujours une revendication (et comme telle insusceptible d'aboutir), alors que l'autonomie est un état d'être qui n'a guère besoin d'être imposé. Nul, en effet, n'est jamais autonome par rapport à quelqu'un d'autre, puisqu'on n'est jamais autonome que par rapport à soi. L'autonomie est cet état d'être qui consiste à penser, à sentir et à agir sans avoir à démontrer quoi que ce soit à qui que ce soit. L'autonomie se définit comme le fait de détenir soi seul le pouvoir sur sa propre existence et, partant, sur ses sentiments, ses pensées et ses actions, sans jamais avoir à être proclamée.

L'indépendance est toujours une revendication (et comme telle insusceptible d'aboutir), alors que l'autonomie est un état d'être qui n'a guère besoin d'être imposé.

Encore faut-il, pour y parvenir et pour pouvoir goûter pleinement une autre façon d'aimer, réaliser tout ce qu'on est, au contraire de ce qu'on croit être et qu'on n'est pas.

Aimer sans dépendance, c'est :

assumer notre propre puissance ;

regarder notre peur de la séparation et
de l'abandon pour l'accepter et la transformer ;

prendre la pleine et entière responsabilité
de ce qui nous arrive ;

admettre enfin que nul, jamais, ne fait
ni le bonheur ni le malheur de l'autre,
sauf à lui en donner le pouvoir.

CHAPITRE 5
Être soi vraiment

Imaginez une aire de jeux dans un jardin public et un gamin de cinq ans jouant avec son petit frère et qui, tout à coup, se met à pleurer et à mordre son cadet parce que celui-ci lui a pris la pelle dont il prétend, dans ses sanglots, avoir le plus grand besoin. Et imaginez que la maman intervienne, non point pour lui enjoindre d'arrêter immédiatement ce caprice, non point pour le menacer d'un retour immédiat à la maison ou d'une privation quelconque, non point, encore moins, pour lui flanquer une fessée, mais, au contraire, pour le prendre dans ses bras et lui dire : « Mon chéri, mon trésor, cela n'est pas qui tu es. »

Plus encore, imaginez que, dans de semblables circonstances, alors que vous aviez vous-même cinq ans et qu'à la plage ou au bac à sable, vous disputiez un râteau à votre frère, à votre sœur, à votre cousin ou à votre cousine, imaginez qu'au lieu de vous séparer brutalement de l'autre enfant ou de vous punir, votre mère ou votre père vous ait traité de la même façon en vous disant que ça ne vous ressemble pas, que cette violence, cette rage, ce comportement ne correspondent pas à la réalité de votre être, que vous êtes plus grand, plus beau que cela… Ces paroles ne vous auraient-elles pas touché au cœur ? N'auraient-elles pas eu un parfum de vérité profonde ? N'auraient-elles pas été infiniment justes ?

Car il est certain que cette soudaine hostilité envers votre compagne ou votre compagnon de jeu, ce n'était pas vous, de même qu'il est certain que toutes les autres rages qui, par la suite, tout au long de votre vie, vous ont fait dire des mots qui dépassaient votre pensée, ce n'était pas vous non plus. N'est-il pas vrai, d'ailleurs, que, chaque fois que vous vous êtes laissé emporter, vous avez eu le sentiment de ne pas vous reconnaître, à moins que ce ne soit vos proches qui, à telle occasion, vous ont dit par exemple : « On ne te reconnaît pas ! » ou se sont dit entre eux : « Mais qu'est-ce qui lui arrive ? On ne le reconnaît plus ! »

C'est donc bien qu'il y a qui nous sommes et qui nous ne sommes pas.

CE QUE NOUS NE SOMMES PAS

Il serait facile de dresser ici la liste de toutes les imperfections possibles et de dire que c'est ce que nous ne sommes pas. Mais, à la vérité, qui nous ne sommes pas est quelque peu plus difficile à détecter, pour cette raison que d'une façon générale cela correspond à qui nous croyons être. Non pas, évidemment, que nous croyions avoir tous les vices, mais nous adhérons volontiers à l'idée que nous avons quelques petits ou grands défauts dont on a toujours affublé notre personne. Pour peu, en effet, que nos parents aient décidé que nous étions maladroits, et cette étiquette invisible mais néanmoins bien présente nous a suivis partout. Pour peu que nos professeurs aient décrété, il y a longtemps, que nous étions effrontés, et nous avons créé ensuite des situations telles que d'autres nous ont confirmé qu'ils avaient bien raison et qu'effectivement, effrontés, nous le sommes. Pour peu que nos aînés aient jugé que nous étions envieux, incapables ou orgueilleux, et nous voilà des années plus tard envieux, incapables, orgueilleux, qui plus est, croyant, comme une vérité incontournable, que c'est ainsi ou que c'est assurément dans nos gènes et mettant tout en œuvre pour faire avec. À moins que nous n'ayons décidé, un jour, de prendre le contrepied de ce qu'ils disaient en contrariant les étiquettes posées sur nous. Mais, dans ce cas, il est fort probable que le personnage que nous avons construit en réaction à leurs jugements ne soit pas davantage qui nous sommes vraiment.

CE QUE NOUS NE SOMMES PAS NON PLUS

Nous ne sommes pas ce que nous faisons dans la vie, même si ce que nous faisons révèle aux autres peu ou prou de ce que nous sommes. Si nous nous présentons comme étant médecins, avocats, ostéopathes ou informaticiens, il est certain que ce qui nous fait gagner notre vie n'exprime ni totalement ni fidèlement, à de rares exceptions près, qui nous sommes vraiment. Rares exceptions parce qu'il arrive que certaines personnes, notamment celles qui consacrent leur vie au service d'autrui, le font de façon si investie qu'elles parviennent à être ce qu'elles font ou que ce qu'elles font pour le bien révèle qu'elles sont la bonté même ou la générosité incarnée. Rares exceptions aussi parce que certains artistes le sont tellement dans l'âme qu'ils sont, sinon totalement, du moins pour une grande part, ce qu'ils font. La preuve : les grands musiciens, les grands peintres, les grands sculpteurs, les grands écrivains ne prennent jamais leur retraite ; ils demeurent ce qu'ils font jusqu'à leur dernier soupir et souvent même pour l'éternité.

En dehors de ces exceptions, ce que nous faisons n'est pas, loin s'en faut, qui nous sommes. Et cela vaut plus encore lorsque ce que nous faisons est un faire-valoir ou satisfait les projets que d'autres avaient pour nous. Combien sont notaires ou pharmaciens parce que c'est ce que leurs parents voulaient qu'ils soient et parce qu'ils ont obéi à l'injonction implicite ou explicite de « faire droit » ou de « faire pharma » ? Et quel autre choix aurait un enfant venant au monde dans une famille de notaires lorsque sur le papier à en-tête de l'étude passée de père en fils depuis des générations, il est noté précisément : « M^{e} X, successeur de son père, de son grand-père et de son arrière-grand-père » ? Ainsi y a-t-il des notaires dont on a le sentiment, à les voir se tenir, s'exprimer et se comporter, qu'ils le sont jusqu'au bout des ongles. Mais n'est-ce pas qu'ils sont dans leur rôle bien plus que dans leur être ? Il en va, sans doute, différemment du professeur de philosophie qui l'est plus rarement de père en fils et qui se dira ou dont on dira qu'il est philosophe. À tout le moins, cependant, et là encore, la philosophie est-elle la matière qu'il étudie et qu'il enseigne. Elle est donc ce qu'il *fait*. Mais est-il philosophe ? Et se conduit-il en philosophe en toutes circonstances ? Se souvient-il de ce qu'Épictète disait dans ses *Entretiens* : « Ne peux-tu pas appliquer ce qu'on t'a enseigné ? Les raisonnements, ce n'est pas ce qui manque ; les livres [en] sont pleins. Qu'est-ce qui manque donc ? L'homme qui les appliquera, qui, par la pratique, rendra témoignage pour eux. Prends ce rôle pour que nous n'ayons plus à nous servir, dans l'école, de l'exemple des Anciens, mais que nous ayons aussi des exemples de notre temps. »

De même qu'on n'est pas ce qu'on fait, on n'est - et encore moins - ce qu'on a. A-t-on une belle auto, une belle montre, un jean super cool, a-t-on une belle maison, une grande piscine, un beau voilier, a-t-on une femme (un mari) et des enfants, on n'est jamais ce qu'on a.

Évidemment, comme, bien souvent, il nous a été défendu d'être qui nous sommes, puisqu'il nous a été enjoint de nous adapter, de suivre des rituels, d'obéir à des traditions, de nous plier à des exigences, et comme il était devenu difficile sinon impossible de briller par ce que nous étions, et qu'il fallait briller un tant soit peu pour être appréciés, estimés et, donc, aimés, nous avons cherché à nous mettre en valeur à travers ce que nous avions et à travers ce que nous faisions. Et c'est ainsi que nous avons tenté de nous imposer par des artifices brillant d'un éclat trompeur. D'aucuns, même, se prenant au jeu, se sont mis à s'aimer ainsi.

CE QUE NOUS NE SOMMES PAS DAVANTAGE

Ceux qui aiment leur image dans le miroir tel Narcisse qui contemple son reflet, ceux qui iront, peut-être, à l'instar du même personnage, jusqu'à mourir de cette passion d'eux-mêmes qu'ils ne peuvent assouvir, bien entendu, ce sont les autres. Pas nous. Nous ne sommes certainement pas de cet acabit. Nous ne nous reconnaissons pas en cet ami qui, pendant tout un repas, ne parle que de lui, et encore de lui et rien que de lui, qui ne demande enfin comment nous allons nous-mêmes qu'au moment où nous allons nous séparer et qui, alors que nous avons à peine commencé à lui dire un mot de ce que nous devenons, saute sur l'occasion de notre seul propos pour embrayer de nouveau sur lui en nous disant : « Ah oui ! c'est comme moi quand… » Non, nous ne nous reconnaissons pas en Narcisse. Et pourtant.

Malgré tout ce que nous avons mis en place pour le masquer, ne sommes-nous pas, à peu près tous autant que nous sommes, à la ressemblance plus ou moins fidèle de celui qui, s'abreuvant à la source, y voit son image ? Certes, nous ne parlons pas que de nous, certes, nous nous intéressons à l'autre, certes, nous avons de l'empathie envers autrui, mais, d'une façon ou d'une autre, que ce soit physiquement, intellectuellement ou artistiquement, ne cherchons-nous pas à plaire ? Ne cherchons-nous pas à être appréciés ? Ne cherchons-nous pas à être admirés ?

Comment expliquer autrement le succès des émissions de télé-réalité qui permettent à tout un chacun de se rêver ou de rêver ses enfants ou ses petits-enfants en tête d'affiche, signant des autographes et faisant la couverture des magazines people ? Et si ces émissions du genre « *Star Ac* » ou *La Voix* (*The Voice*) ont autant d'audience, n'est-ce pas parce qu'elles caressent dans le sens du poil notre besoin de briller dont la satisfaction serait de nature à combattre l'idée de moindre valeur qu'au fond nous avons de nous-mêmes ?

Car Narcisse, c'est nous aussi. N'est-il pas vrai, en effet, que nous nous sentons supérieurs aux autres et que, paradoxalement, nous entretenons un sentiment d'infériorité socialement acceptable parce que plus admissible que son apparent contraire ? N'est-il pas vrai que nous avons peur que les autres se rendent compte de notre vraie valeur, c'est-à-dire de notre supposée moindre valeur, et ne cherchons-nous pas à briller à leurs yeux tout en étant intérieurement terrifiés à l'idée qu'ils pourraient découvrir que tout ce qui brille n'est pas or ? N'est-il pas vrai que, dans la relation interpersonnelle, nous sommes certains d'être dans le vrai, nous avons du mal à reconnaître nos erreurs et à exprimer des regrets ? N'est-il pas vrai que, tout compte fait, nous avons un besoin d'être aimés qui, faute d'être rassasié, se reporte inlassablement d'objet en objet ? Et, enfin, n'est-il pas vrai que c'est un peu, beaucoup, passionnément nous-mêmes que nous aimons en aimant l'autre ?

Oui, Narcisse est en chacun de nous. À plus ou moins forte dose, mais en chacun de nous, tout de même. Tout simplement pour cette raison qu'aucune mère n'a été absolument parfaite et qu'aucune n'a jamais su et sans doute ne saura jamais accompagner la séparation d'avec son enfant de sorte qu'il ait ensuite une confiance en lui telle qu'il n'ait nul besoin de passer son existence à chercher à être rassuré sur sa valeur et sa capacité à être aimé. Tout simplement aussi parce que, le plus souvent, nous n'avons pas été respectés, parce que nous avons reçu des corrections, parce que nous avons entendu, à notre endroit, des mots indélicats et que, dès lors, nous avons pu croire que, maltraités de la sorte, nous ne valions rien ou pas grand-chose, et que nous ne méritions pas d'être aimés.

Mais, à la vérité, sommes-nous vraiment ce personnage dont nous jouons le rôle et qui s'est construit comme il a pu en mettant au point tout un arsenal de mécanismes de défense ? Et dans le fond, ne percevons-nous pas, un tant soit peu, que nous sommes finalement bien différents de la perception que les autres ont de nous et bien différents de l'image que nous donnons de nous (parce que nous n'avons pas appris à en donner une autre) ? Non, si Narcisse nous ressemble, il n'est pas la réalité de qui nous sommes. Et pourtant, d'une certaine manière, il l'est. Voilà le paradoxe.

QUI NOUS SOMMES VRAIMENT

Narcisse, assoiffé, s'abreuve à la source. Et il s'aime. A-t-on jamais pensé au symbolisme de la soif et à celui de la source ? Et a-t-on jamais considéré que la soif que ressent si intensément le héros des *Métamorphoses* d'Ovide, et qui le fait chercher à s'abreuver, pourrait être interprétée autrement que comme un simple besoin de se désaltérer ? Et n'a-t-on jamais imaginé que la source, celle auprès de laquelle il va vouloir assouvir sa soif, n'est pas forcément et seulement le lieu où jaillit la rivière ? Ainsi Narcisse, en quête du pur amour, se laisserait-il guider vers la source que d'aucuns diraient divine et qui, seule, serait susceptible de satisfaire son aspiration et de le combler véritablement ?

Et, dans cette perspective, Narcisse a raison de s'aimer. Mille fois raisons de s'aimer en tant qu'il se reconnaît en cette source. Il reconnaît sa merveille. Sa vraie merveille. Le problème est qu'il se trompe en croyant que ce qu'il aime, c'est « sa nuque d'ivoire, sa bouche parfaite et son teint rosé[19] », autrement dit, et pour employer un mot d'aujourd'hui, son nombril. Non, ce qu'il aime, sans pouvoir l'admettre, sans pouvoir le voir alors même que c'est ce qui le sauverait, c'est sa grandeur, sa beauté, sa splendeur, c'est l'image de lui-même à la ressemblance de la source, à la ressemblance du divin. Ce qu'il aime, c'est ce qu'il est vraiment et qu'il a oublié, et qu'il tend, comme tout un chacun, même s'il n'en a pas conscience, à retrouver.

Retrouver la vérité de qui l'on est derrière le masque, voilà ce que le mythe nous enseigne, et s'aimer non point d'un amour qui nous renferme sur nous, mais d'un amour qui nous ouvre aux autres et au monde. S'aimer d'un amour tel qu'il ne fait pas de nous le centre du monde, qu'il ne nous place pas au-dessus des autres. Un amour tel que notre rayonnement soit incapable de faire de l'ombre à quiconque, que notre grandeur ne soit pas de nature à rapetisser qui que ce soit, que notre merveille ne soit jamais en position de diminuer personne. S'aimer d'un amour tel qu'il nous permet d'aimer vraiment l'autre pour lui et non point pour nous. Un amour tel qu'il n'est fonction de rien ni de personne, parce que précisément il est non point susceptible de nous être apporté par quelqu'un d'autre que nous, non point dans l'attente de quoi que ce soit, non point donc en dehors de nous, mais en nous, rien qu'en nous, tout en nous. S'aimer d'un amour tel que paradoxalement on n'a plus besoin que quiconque nous aime. Car « [p]our aimer, avait compris Arnaud Desjardins, il faut n'avoir plus besoin d'être aimé ».

Ainsi passe-t-on de la dépendance (avoir besoin que l'autre nous aime) à l'autonomie (n'avoir nul besoin de quiconque pour se réaliser et s'épanouir). Ainsi passe-t-on du besoin d'être aimé, qui ne mène qu'à des déboires, à l'amour vrai, qui permet tous les espoirs. De la sorte, nous pouvons avancer. Avancer, dit Comte-Sponville, « en s'aimant un peu moins soi-même ou s'aimant soi-même un peu mieux, en aimant un peu plus l'autre pour son bien à lui et, peut-être, par là même, un peu moins pour notre bien à nous. Il se peut que ce ne soit qu'un idéal qui ne brille que par son absence… mais il brille, il nous éclaire, il indique une direction, celle d'un amour de plus en plus large, de plus en plus ouvert, de moins en moins possessif ou égoïste[20] ».

Être soi vraiment, c’est :

retrouver la vérité de qui l’on est,
derrière le masque ;

s’aimer soi-même d’un amour qui
s’ouvre aux autres et au monde ;

s’aimer d’un amour qui ne fait pas
de nous le centre du monde ni ne nous place
au-dessus des autres ;

s’aimer d’un amour qui n’est fonction de rien
ni de personne, parce qu’insusceptible de nous
être apporté par un autre que nous ;

s’aimer d’un amour tel qu’on n’a plus besoin
que quiconque nous aime.

CHAPITRE 6
Du jugement à la bienveillance

Nous avons, pour beaucoup d'entre nous, eu droit au « tu » qui tue. Et si nous n'y avons pas eu droit nous-mêmes, il est improbable que nous n'en ayons pas entendu qui aient eu pour cible un camarade de classe, une petite voisine, un cousin, une fillette dans la rue ; un « tu » qui tue du genre : « Qu'est-ce que *tu* as fait ? *Tu* es vilain(e) ! » « *Tu* es nul(le) ! » « *Tu* es un(e) incapable ! » « *T'*es un(e) bon(ne) à rien ! » Beaucoup d'entre nous ont eu droit à ces verdicts prononcés à leur endroit par quelque détenteur d'autorité et ils les ont encaissés en ressentant, le plus souvent, qu'il y avait, dans ces sentences sans appel, quelque chose qui ne sonnait pas juste.

En plus de ce « tu » assassin, certains ont connu le « vous » collectif encore plus injuste par lequel un professeur, avouant sans s'en rendre compte son incompétence pédagogique, clamait à toute une classe qu'elle était nulle et archinulle.

De quel droit quelqu'un se permettait-il de porter un jugement non point sur notre travail (« Cette copie est nulle », « Ce devoir est bâclé »), non point sur notre comportement (« Cette attitude est inqualifiable ! », « Cette façon de faire est inacceptable ! »), mais sur nous-mêmes, sur la qualité de notre personne ? De quel droit cet individu pouvait-il profiter de son ascendant pour décider que nous étions incapables, effrontés, bons à rien, et qui sait quoi encore ?

LE JUGEMENT PORTÉ SUR NOUS-MÊMES

D'aucuns diront que ces jugements portés sur eux, même s'ils étaient parfois à l'emporte-pièce, ont été utiles car ils les ont fait réagir, ils leur ont permis de prendre le droit chemin, ils les ont stimulés pour qu'ils se mettent au travail. En fait, c'est exactement comme pour les raclées que beaucoup se sont vu administrer. Il y a toujours, en effet, des enfants battus qui, devenus adultes, mettent infiniment d'énergie à justifier les gifles et les fessées qu'on leur a données, non pas qu'ils n'en aient pas souffert, mais leur équilibre psychologique passe par le déni de cette souffrance en même temps que par un impérieux besoin de cohérence. Incapables d'imaginer que le lien avec leurs parents ne serait pas altéré s'ils en venait à accepter la réalité de ce qui a été, ne pouvant concevoir que l'amour perdurerait même s'ils regardaient objectivement leur vie d'enfants, ni considérer que leurs parents et leurs maîtres n'ont pas été parfaits et qu'ils ont fait du mieux qu'ils ont pu en fonction de leur propre histoire, ils se sont convaincus que ceux-ci ont eu bien raison de les élever « à la dure ». Et cette position qu'ils sont prêts quelquefois à défendre avec force et vigueur est comme vitale pour eux. C'est d'ailleurs pour cela que les résultats des sondages sur l'abolition de la fessée dans un pays comme la France sont toujours si étonnants et que les débats télévisés avec, sur le plateau, des psychologues et autres psychanalystes qui n'ont pas, eux-mêmes, visité ce qu'ils ont refoulé, sont si déconcertants.

Toujours est-il que la quasi-totalité des individus qui ont entendu prononcer sur eux des jugements dévalorisants se jugent ensuite eux-mêmes. Férocement ou moins sévèrement, sarcastiquement ou gentiment, mais le fait est qu'ils se jugent. « Mais qu'est-ce que je suis nul(le) ! » disent-ils en manquant le but au football comme en ratant la balle au ping-pong, au tennis ou au volley-ball. « Ah, mais quelle andouille ! » s'exclament-ils en se faisant prendre une tour sur l'échiquier. « Ah, mais qu'est-ce que je suis maladroit(e) ! » s'écrient-ils aussi en renversant un verre de vin rouge sur une belle nappe blanche. Il y a fort à parier que si vous les interrogiez, vous apprendriez que « nul(le) », « andouille », maladroit(e) » sont autant de qualificatifs qui leur étaient attribués lorsqu'ils étaient enfants.

À vous maintenant...

Dans la seule journée d'hier ou d'aujourd'hui, combien de fois avez-vous entendu d'autres personnes critiquer ou juger autrui ?

Tentez de répertorier toutes les occasions où :

- un automobiliste a vociféré des insultes derrière le volant ;
- un ami, un voisin ou un parent a dit de telle personne qu'elle était ceci ou cela ;
- un collègue a dit d'un tel ou à un tel qu'il était nul ;
- un politicien a rabaissé un adversaire, non pas en critiquant ses idées, mais en insultant sa personne.

Et vous-même, dans le même laps de temps, en repassant le film de la journée, tentez de dénombrer le nombre de fois où :

- vous avez dit à quelqu'un qu'il était nul ;
- au cours d'une discussion entre amis, entre collègues, avec votre conjoint, vous avez décrété d'un tel que c'était un crétin fini.

Et, à votre avis, dans cette même journée, combien de fois les uns ou les autres que vous avez rencontrés ou croisés ou qui ont pensé à vous ont-ils émis un jugement sur vous ?

LE JUGEMENT PORTÉ SUR AUTRUI

Et du jugement ainsi porté sur eux-mêmes au jugement porté sur les autres, il n'y a qu'un pas qu'ils ont franchi sans aucun mal. Si certains, effectivement, se sont arrogé le pouvoir de les déclarer nuls, idiots, bons à rien, maladroits, pourquoi n'auraient-ils pas, eux aussi, ce même pouvoir à l'égard des autres, et en tout premier lieu, mais pas seulement, à l'égard de leur propre progéniture ? Et c'est ainsi que ce qui a été fait envers eux, ils le reproduisent sans y réfléchir.

En fait, soyons honnêtes, critiquer l'autre, le juger, le dévaloriser est un sport auquel à peu près tout le monde se livre, ne serait-ce qu'envers les hommes politiques. Et c'est un sport tellement communément pratiqué qu'il est socialement correct de s'y adonner. Qui plus est, il procure, il faut bien le dire, une certaine jouissance. Juger l'autre, c'est tout de même avoir du pouvoir. Même le manutentionnaire qui n'en a que sur sa machine, même le chauffeur de poids lourd qui n'en a que sur son camion, même la femme de ménage qui n'en a que sur ses balais, lorsqu'ils se retrouvent accoudés à un comptoir de café, ont, l'espace d'un instant, le sentiment jouissif de pouvoir critiquer, sans trop de risque, leur maire, leur député et bien entendu, suprême jouissance, le chef du gouvernement lui-même. Le droit d'expression leur donne celui de jouir, même si ce n'est qu'en paroles, du fait d'être plus puissant que le premier élu de la nation. Et cette jouissance devient jubilation pendant les périodes électorales où chacun, détenteur de sa vérité, y va de tous les noms d'oiseaux et autres espèces animales pour dénigrer ceux dont la vérité est différente. « Juger un individu, une œuvre [...], a écrit Georges Perros, c'est se vanter soi-même, c'est se donner du poids[21]. »

Pourtant, alors même que nous nous prêtons à ce jeu, nous savons bien qu'une instance en nous le désapprouve.

CE QU'EN DISENT LES RELIGIONS

> *« Ne jugez point, afin de n'être point jugés, car on vous jugera comme vous avez jugé, et l'on se servira pour vous de la mesure dont vous mesurez les autres. » (Matthieu 7 : 1)*

Même si nous n'avons jamais lu les Évangiles, nous avons entendu plus d'une fois dans notre vie qu'il n'est pas sain de juger l'autre, mais comme la pulsion de juger est plus forte que les discours de sages, nous nous en sortons en laissant aux saints, aux prophètes et aux maîtres spirituels des différentes traditions la sagesse de s'en abstenir. Nous jugeons, quant à nous, ne pas être assez dignes, ne pas être assez grands, ne pas être assez forts pour que le « ne jugez point » de saint Matthieu puisse nous être destiné. Et ainsi, c'est paradoxalement parce que nous nous jugeons indignes que nous écartons l'invitation à ne juger quiconque. C'est parce que nous nous jugeons que nous ne parvenons pas à ne pas juger ! Et c'est parce que nous nous jugeons que nous autorisons les autres à nous juger, quand bien même cela nous déplaît au plus haut point !

C'est parce que nous nous jugeons que nous ne parvenons pas à ne pas juger !

Il faut dire que les religions (qui pourtant nous disent avec sagesse de ne pas juger) ne nous aident pas à nous engager sur la voie du non-jugement. Bien au contraire. Comment accorder du crédit, même si l'idée nous paraît louable, noble et belle, au non-jugement qu'elles prêchent lorsqu'elles viennent nous dire que, finalement et tout compte fait, nous serons, nous-mêmes, jugés ? Comment admettre que Dieu qui nous a faits, selon ce qu'on dit, à son image, se permette, lui, de faire ce qu'il nous demande de ne pas faire ?

Ainsi serons-nous donc jugés, ainsi sommes-nous jugés et ainsi jugeons-nous et nous jugeons-nous nous-mêmes.

JUGER N'EST PAS JOUER

Mais juger n'est pas jouer. S'il est, effectivement, insupportable d'être jugé, pourquoi diable serait-il acceptable de prendre la position du juge ? Et que savons-nous de l'autre pour mettre des étiquettes sur lui quand ce n'est pas pour le condamner, sans appel, à être ce qu'il n'est pas forcément ? « Avant de juger son frère, dit un proverbe lakota, il faut avoir marché plusieurs lunes dans ses mocassins. »

Pour autant, ne pas juger n'empêche pas d'avoir son opinion et ne dispense pas de faire preuve de discernement. Ne pas juger ne veut pas dire que tout le monde est beau et gentil. Ne pas juger, c'est ne pas mettre l'autre en cause dans son être, ce qui n'exclut pas de juger au sens où les anciens l'entendaient, c'est-à-dire au sens de faire preuve de discernement.

S'il s'agit de discerner et de donner son avis, point de problème, évidemment. Il n'y a pas de mal à dire que ceci ou cela ne nous convient pas, que cet ouvrage ne nous plaît pas, que cette peinture ne nous touche pas, que cette musique nous laisse froids, que cette chorégraphie n'a provoqué, en nous, aucune émotion, que cette politique ne nous paraît pas de nature à améliorer la situation, que cette voie ne mènera à rien qui vaille. C'est autre chose que de dire de l'auteur qu'il est archinul, du peintre que c'est un con fini, du compositeur qu'il ne vaut rien, du chorégraphe que c'est un gigolo, de l'homme politique que c'est un bon à rien, si ce n'est pire.

QUAND JUGER PANSE DES BLESSURES

« Juger autrui, c'est se juger », disait déjà Shakespeare dans *Hamlet* et cette réplique nous met, sans doute, sur la voie de la compréhension du mécanisme qui nous fait nous juger en jugeant l'autre. Si, en effet, on nous a affublé de qualificatifs divers et variés, et que, forcément, nous en avons souffert, même sans le reconnaître, même sans en être le moins du monde conscients, et qu'à notre tour nous affublons autrui de semblables étiquettes, n'est-ce pas pour atténuer en nos cœurs la blessure d'avoir été jugés ? On a dit de nous que nous étions des « abrutis » ? Qu'à cela ne tienne, dès lors que les autres aussi sont des « abrutis », la chose, à l'évidence, est moins grave ! Si nous le sommes – et c'est en ce sens que nous

nous jugeons en jugeant l'autre –, il l'est aussi. Oui, il est abruti, cet autre présent dans notre vie, parent, enfant, ami, collègue, voisin, inconnu, cet autre qui, sans s'en rendre compte, nous rend un grand service, celui d'être à égalité avec nous. Car, du coup, cette égalité avec autrui dans l'infortune nous rend moins malheureux, et en tout cas moins seuls à vivre notre sort. Et cette implacable logique à laquelle notre inconscient a souscrit nous permet d'énoncer, sans grand risque d'erreur, que juger l'autre revient à alléger la peine d'avoir été jugé et donc à panser notre blessure. Comme la douleur éprouvée est souvent méconnue parce que profondément refoulée, il est évident que son étendue se mesure à notre inclination à juger notre prochain. Autrement dit, plus nous jugeons, plus intense est la douleur d'avoir été jugé.

> *Juger l'autre revient à alléger la peine d'avoir été jugé.*

« Qu'est-ce qui te fait si mal que tu crois pouvoir guérir en m'agressant[22] ? » demandait Neale Donald Walsch. De la même façon, on pourrait dire : « Qu'est-ce qui te fait si mal que tu crois pouvoir guérir en me jugeant ? » Et si donc c'était d'avoir été jugé toi-même et d'en avoir nié l'impact ?

DE LA COMPÉTITION À LA COOPÉRATION

Un pansement, même s'il fait du bien, ne guérit pas.

Il importe donc d'aller plus loin et, pour ne plus juger, de passer, aussi souvent que possible, de la compétition à la coopération. Et cela, dans toutes les sphères de la vie, que ce soit dans les rapports entre parents et enfants, au sein d'une fratrie, dans le domaine professionnel, sur le plan amical ou sentimental.

Et le fait est que nous sommes, culturellement, beaucoup plus dans la compétition que dans la coopération et que tout, autour de nous, nous y incite, le système scolaire, le management des entreprises, les jeux télévisés et autres concours de la plus belle voix, quand ce ne sont pas les religions qui, proclamant être, chacune, la seule et la vraie, nous montrent en permanence leur modèle, comme le font aussi les philosophies et les écoles de psychanalyse en se combattant, en s'excluant mutuellement et en se déchirant entre elles.

Dans les années 1950, un professeur de la Harvard Business School proposa à ses étudiants de passer de la compétition à la coopération. De façon guère surprenante, ses collègues le considérèrent comme un utopiste et, un jour, l'un d'eux l'interpella à ce propos : « Franchement, Jerry, tu ne peux pas me dire que, si tu étais à l'hôpital atteint d'une maladie grave, tu ne voudrais pas être opéré par celui qui est sorti premier de l'école de médecine ? » « Bon point, lui répondit Harvey, mais imagine que tu es, toi, sur la table d'opération et qu'il y ait un doute sur ce qui serait le mieux. Est-ce que tu voudrais être opéré par celui qui ordonnerait : "Allez, on y va !" ou par celui qui demanderait leur avis à ses collègues[23] ? »

Certes, il ne s'agit pas de nier à la compétition ses vertus. Elles sont bien connues. Convenons alors que celle dont on parle, celle qui est malsaine, est celle qui consiste à s'en prendre à l'autre, à le dénigrer, à le provoquer ou à l'écarter sans qu'aucune de ces actions soit réellement nécessaire à un succès dignement mérité.

Il faut croire, d'ailleurs, que si même ceux qui aspirent à plus de sagesse en professant une religion, en enseignant la philosophie ou en militant pour la paix prétendent que leur dogme, leurs idées ou leurs méthodes sont les meilleures, jusqu'au point, parfois, de se faire la guerre, c'est sans doute que l'être humain a comme un besoin de diminuer l'autre pour se grandir lui-même. Et s'il est jusqu'aux psys, censés pourtant bien connaître le fonctionnement de notre psyché, pour se livrer combat au lieu de coopérer et de s'enrichir les uns des autres, ne faut-il pas s'interroger sur la valeur qu'on donne à la compétition et donc au jugement pour les évacuer totalement ?

Pour cela, il convient certainement de nous observer dans la compétition, y compris dans les domaines où elle est plus difficile à admettre, par exemple, pour une mère, la compétition avec sa fille ou, pour un père, celle avec son fils, et il s'impose, alors, de la considérer comme un mécanisme de défense qui nous a permis de déjouer tant bien que mal nos angoisses en tous genres.

Tant qu'on est en train, en effet, de lutter pour être le meilleur, de tout faire pour être la plus belle, de se battre pour être le premier, nous avons de quoi nous occuper. Nous avons même souvent, dans de semblables circonstances, un rival tout désigné contre qui nous battre, et cela nous détourne de nos angoisses (de dissolution, de morcellement, d'abandon, de castration) et nous dispense de les regarder.

À cette fonction de la compétition s'en ajoute une autre. Grâce à elle, nous ne sommes pas seuls au monde ; nous avons un adversaire et même si, tels les ennemis de don Quichotte qui ne sont que des moulins à vent, il est fantasmatique, en avoir un à combattre, c'est toujours mieux que de n'avoir personne en face. Ainsi, quand nous n'avons pas d'amis, nous nous créons des ennemis, histoire de ne pas être confrontés à nos angoisses, histoire d'être moins seuls.

SORTIR DE LA SOLITUDE

La solitude ne résulte pas du fait de vivre seul au quotidien. On peut être en couple, en famille, vivre en communauté, et se sentir infiniment et désespérément seul. Partager sa vie avec quelqu'un et ne pas pouvoir tout lui dire, c'est être seul. Faire partie d'un groupe et n'avoir personne avec qui l'on se sent suffisamment en confiance pour lui ouvrir son cœur, c'est être seul. Grandir au sein d'une famille et n'y jamais trouver quiconque pour se livrer, et en tout cas pas entièrement, c'est être seul aussi. La véritable solitude se reconnaît par l'absence de tout espace d'intimité sécurisé.

Cette solitude qui est propre à la nature même de l'être humain n'en demeure pas moins une illusion. D'abord parce que c'est nous qui, en fonction de notre vécu, nous racontons l'histoire selon laquelle personne ne peut nous comprendre ni nous aider. Ensuite, parce que, quand bien même nous serions seuls, effectivement, dans un désert, sur une île déserte, dans une chambre d'hôpital, le sommes-nous vraiment ? Et ne sommes-nous pas, en toutes circonstances, en compagnie d'une présence, même si nous ne voulons pas la voir ni l'entendre ?

La conscience que nous ne sommes pas seuls nous permet de cesser de nous battre, cesser de combattre, cesser d'être dans la compétition et nous fait passer à la coopération. L'ouverture à la bienveillance se fait alors tout naturellement.

PASSER À LA BIENVEILLANCE

Évidemment, la compétition n'est pas un terrain de jeu favorable à la bienveillance. On peut en déduire que l'absence de bienveillance démontre qu'il y a compétition. Dans le couple, c'est souvent à qui gagne le meilleur salaire, à qui grimpe les échelons plus rapidement, à qui réussit le mieux les penne all'arrabbiata, à qui chante le mieux au karaoké ou à qui a fait le meilleur parcours au golf. Selon un magazine féminin en ligne, la compétition aurait l'avantage d'être le moteur du couple ! « [Elle] vous apporte, y est-il dit, un enrichissement permanent. Vous vous nourrissez des arguments, de la réflexion et du savoir-faire de l'autre, vous vous apprenez mutuellement des choses. D'ailleurs, grâce à ce rapport de force, vous ne vous ennuyez jamais[24]. » Peut-être ! Mais que de conflits ont été provoqués par cette idée sotte qui consiste à vouloir être le meilleur, le plus fort, le plus beau, la meilleure, la plus forte, la plus belle ! Que de méchancetés ont été faites qui ont constitué autant de gestes, de mots et de silences malveillants !

Qu'on le veuille ou non, la compétition de ce type, qui est utilisée pour se mettre en valeur en diminuant l'autre, passe toujours par la malveillance, et la malveillance est nécessairement destructrice.

Quand on l'a compris, on peut passer à la bienveillance. « L'homme bienveillant, disait Aristote, ne fait guère que commencer à aimer ; et voilà pourquoi on dit de la bienveillance [...] qu'elle est le commencement de l'amitié » et, ajouterons-nous, le commencement de l'amour, le commencement d'une autre façon d'aimer.

Imaginez un instant qu'au lieu de lui avoir dit, hier ou l'autre jour : « Tu m'énerves ! », « Tu fais ch... ! », « Laisse-moi tranquille, casse-toi ! », « Qu'est-ce que tu peux être lourd(e) ! », vous ayez été bienveillant à son égard. Imaginez que vous ayez porté sur lui (elle) un regard différent, qu'au lieu de le (la) diminuer vous ayez vu le meilleur de lui (d'elle) et qu'au lieu de l'envoyer promener, vous lui ayez ouvert vos bras. Imaginez que, contrairement à votre habitude, vous ne lui ayez pas fait de reproches, aucun reproche ni direct (« Qu'est-ce qu'il est moche, ce pull ! ») ni indirect (« Mais qu'est-ce que tu as encore fait de la télécommande ? »). Imaginez qu'au lieu de choisir de vous diminuer en le (la) diminuant, vous vous soyez grandi, qu'au lieu de vous détester en le (la) détestant, vous vous soyez aimé, qu'au lieu de vous faire mal en le (la) blessant, vous vous soyez senti bien en le (la) chérissant... Imaginez !

Et tiens, imaginez aussi qu'on se soit montré bienveillant à votre égard et que, par exemple, votre père ou votre mère, au lieu de ne voir, en premier lieu, que les fautes d'orthographe dans le poème composé pour sa fête, vous ait félicité pour votre créativité, ou qu'au lieu de commenter la seule mauvaise note sur votre bulletin trimestriel, l'un et l'autre aient relevé les bons résultats obtenus dans d'autres matières. Et imaginez, tant que vous y êtes, que votre partenaire, votre collègue de bureau, votre grand-oncle ou n'importe qui d'autre ayant pour habitude, dès que vous arrivez, de ne voir que ce qui cloche, du moins selon ses propres valeurs, imaginez qu'un beau jour, au lieu de cela, comme par enchantement, il ait changé sa façon d'être et qu'il soit devenu bienveillant à votre égard. Et imaginez maintenant que ce partenaire, ce collègue de bureau, ce n'importe qui d'autre, c'est vous, vous tel que vous aimeriez que l'autre soit, c'est-à-dire bienveillant. Alors, en pratiquant la bienveillance au quotidien

– « [l]'amour, disait Christian Bobin, est la bienveillance inlassablement maintenue » –, vous faites un pas de géant en direction d'une autre façon d'aimer qui est aimer vraiment.

Encore faut-il, pour y parvenir, avoir renoncé à tout ressentiment.

Passer du jugement à la bienveillance, c'est :

cesser de vouloir pallier sa propre solitude
en se trouvant des ennemis ou, à tout le moins,
des gens sur le dos de qui casser du sucre ;

comprendre que juger l'autre, c'est chercher
à guérir quelque mal dont on souffre soi-même ;

reconnaître que juger l'autre sert à apaiser
ses propres souffrances ;

voir qu'on ne juge jamais que soi-même ;

renoncer à la compétition et passer
à la coopération.

CHAPITRE 7
En vouloir

On dit qu'il en veut. Il en veut à la vie, il en veut à ses parents, il en veut à ses frères et sœurs, il en veut au monde entier.

Mais on dit aussi qu'il en veut, que c'est un battant, qu'il aspire à réussir, que rien ne lui résiste.

A priori, les deux sens d'« en vouloir », ressentir de la rancune, d'une part, et avoir de l'ambition, d'autre part, ne se rejoignent nulle part. À moins pourtant qu'ils ne participent du même mouvement, l'un inopérant, en ce sens qu'il est dirigé vers l'autre ; l'autre, efficient, en ce qu'il exprime toute la puissance de l'être.

Mais, pour l'envisager et mieux le comprendre, il faut, sans doute, faire halte, un petit temps, sur la case « ressentiment ».

LE RESSENTIMENT

Alors que, dans une conversation à bâtons rompus, nous en venons à aborder ce sujet, un de mes cousins me confie :

À bien y réfléchir, le ressentiment a toujours été comme une façon de vivre, dans notre famille, si ce n'est même la seule façon de vivre et d'être au monde. Plus j'y pense et plus je revois à quel point il y en avait toujours un ou une pour en vouloir à l'autre et les raisons pour cela allaient de la plus futile – il ou elle ne m'a pas invité(e) à telle occasion, il ou elle m'a manqué de respect – jusqu'à de plus graves qui trouvaient leurs origines souvent troubles dans des querelles de famille que ni le temps passé ni la succession des générations n'avaient pu effacer. À bien y songer, tout le monde, ou presque, fonctionnait ainsi et semblait même s'y complaire, chacun prenant toujours un malin plaisir à se plaindre de ce que l'autre lui avait fait ou pas fait, dit ou pas dit. Et du coup je me rends compte à quel point cette façon de faire était normale. C'est le contraire qui aurait été anormal.

• • • • • • • • • • • • • • • • • •

Et qui donc, sur notre planète, vient d'un monde où la rage et le ressentiment ne sont pas, tout simplement, « normaux » ? Et quand bien même quelques rares rescapés de cette normalité existeraient, il n'est guère possible qu'ils aient échappé à un environnement médiatique et culturel où il est banal d'en vouloir à l'autre et de s'en vouloir. Le cinéma, la télévision, le théâtre, la chanson, la littérature et les actualités donnent mille et un exemples de ressentiments qui sont autant de modèles que nous suivons.

Vu au premier degré, le ressentiment naît d'un événement comme la trahison d'un frère, la déloyauté d'un ami, le mensonge d'un partenaire, le forfait d'un inconnu. C'est d'ailleurs de cette façon que la plupart des êtres humains voient les choses. Ainsi, dans les conflits successoraux qui opposent, dans la majorité des cas, les membres d'une fratrie, on impute le ressentiment de ceux qui s'estiment spoliés uniquement au comportement ignoble du vilain petit canard qui a pris tous les avantages et, dans les conflits conjugaux, on met le ressentiment de l'un sur le dos de l'autre. C'est à ce point d'ailleurs qu'il est socialement justifié : « C'est normal qu'elle lui en veuille, disent les gens, avec ce qu'il lui a fait, le salaud ! », « C'est normal qu'il lui en veuille avec ce qu'elle lui en a fait voir, la garce ! ».

Mais ne faut-il pas aller plus loin ? Au-delà des apparences ?

Si l'on veut bien, en effet, y réfléchir plus avant, on peut constater que, bien souvent, sinon toujours, la cause présentée comme étant à l'origine du ressentiment l'a fait non point naître, mais renaître. À preuve, n'avez-vous pas autour de vous au moins une personne – un ami, une cousine, un collègue, une voisine – qui est toujours fâchée avec quelqu'un, qui a, périodiquement, un nouvel adversaire à qui s'en prendre ? Et n'est-ce pas là la démonstration suffisante de ce que le ressentiment préexiste à sa cause immédiate ? La démonstration de ce qu'il est présent, en chacun de nous, à plus ou moins forte dose, sommeillant, jusqu'à ce qu'un évènement le réveille ? La démonstration de ce qu'une cause immédiate en cache une autre dissimulée dans les replis de notre inconscient ?

La question est donc de savoir ce qui a fait naître en nous du ressentiment, et l'on ne peut alors s'empêcher de penser au sentiment d'impuissance de l'enfant qui ne peut que subir. Face à une mère qui le délaisse, a-t-il un autre choix ? Face à un colosse d'un mètre quatre-vingts et de quatre-vingts kilos, alors que lui ne mesure qu'un petit mètre et qu'il ne pèse pas plus de quinze kilos, un gamin qui reçoit une raclée peut-il faire autre chose que verser des larmes (quand encore il ne s'en prend pas une autre s'il n'arrête pas immédiatement de pleurer !) ? Face à un plus grand que lui qui a le pouvoir et qui l'humilie, un enfant ne peut-il pas qu'encaisser ?

Aussi, qu'il vive la douleur de l'abandon, la détresse d'être traité comme un objet, l'humiliation d'être battu ou celle d'être ridiculisé, c'est assurément une profonde injustice qu'il ressent. Et comment ne serait-ce pas injuste alors que le rapport de force est incroyablement inégal ? Et comment ne serait-ce pas injuste, puisqu'il ne peut pas se défendre ? Il n'a pas d'autre solution, alors, que de remettre à plus tard sa réponse. « Un jour, vous verrez, fomente-t-il secrètement, un jour, je prendrai ma revanche ! » « Un jour, je me vengerai ! »

Mais, ensuite, les choses se passent rarement comme prévu. Le ressentiment se portera assez peu souvent sur ceux qui l'ont causé. Les grands-tantes auront disparu tout comme les maîtres d'école, et les parents auront été idéalisés par nécessité, en sorte que le ressentiment présent comme le feu d'un volcan endormi sera, la plupart du temps, dirigé vers d'autres et sous d'autres prétextes. C'est alors qu'il apparaîtra comme ayant pour origine la trahison d'un ami, le mensonge d'un partenaire, la violence d'un inconnu, la perte d'un emploi, l'acte déloyal d'un concurrent, etc.

Ainsi, les traumatismes de l'enfance ne sont pas pour rien dans la présence de ressentiments dans nos cœurs. Bien au contraire.

LES DESSOUS DU RESSENTIMENT

Avez-vous remarqué que lorsque vous en voulez à quelqu'un (et en particulier à un proche qui a trahi votre confiance), vous maintenez le passé constamment présent ? Avez-vous remarqué que vous vous repassez en boucle la scène fatale ? Vous voudriez que ça s'arrête mais, c'est plus fort que vous, vous ne pouvez vous en empêcher. Au fond, d'ailleurs, vous ne tenez pas tant que cela à arrêter, car vous considérez que, d'une certaine façon, ne plus revivre les évènements et, partant, ne plus en vouloir à la personne qui vous a fait du mal, ce serait, en quelque sorte, lui donner l'absolution, ce serait accepter l'inacceptable. Et, de votre point de vue, cela est tout à fait inconcevable.

....

Au cours d'une séance de thérapie de groupe pour les dépendants affectifs, Michel intervient :

Moi, lorsque j'ai su que ma femme avait eu un amant, qui plus est un « ami », j'ai été capable de revisiter l'époque où ça s'était passé dans les moindres détails. À partir d'indices que je suis allé chercher dans ma mémoire et que je n'avais pas voulu explorer au moment où ils s'étaient révélés, par peur, sans doute, de découvrir la vérité, j'ai pu reconstituer, avec une incroyable précision, les fois où elle l'avait rejoint, les lieux où ils s'étaient retrouvés, les mensonges qu'ils m'avaient dits et plein d'autres choses encore. J'étais stupéfait de constater à quel point j'avais enregistré des évènements que j'avais refoulés très, très loin dans je ne sais quelle partie de mon cerveau ; et j'étais stupéfait aussi de voir comment, des années plus tard, j'étais capable de les faire ressusciter.

Le fait est que plus le passé refaisait surface et plus je leur en voulais à tous les deux. Et plus il me faisait mal, plus je le revoyais et plus j'ajoutais des épisodes à mon calvaire. C'était comme un film d'horreur et j'étais ballotté, sans cesse, entre mon désir d'arrêter de me faire souffrir à me le repasser et mon irrésistible besoin de refaire se dérouler la bobine.

•••••••••••••••••

On voudrait tellement le réduire à néant, mais le ressentiment rend le passé présent. Il permet de conserver intacte la mémoire de ce qui vous a blessé, de re-sentir la blessure de sorte que l'auteur de l'injustice commise, toujours haï, toujours maudit, toujours honni, ne s'en sorte surtout pas indemne.

Ce qu'ils ont dit sur le ressentiment

Le ressentiment, c'est comme avaler un poison et vouloir que ce soit l'autre personne qui en meurt.

Carrie Fisher

La vie me semble trop courte pour la passer à entretenir des ressentiments ou ressasser des griefs.

Charlotte Brontë

Si tu donnes, en colère, un coup de pied au rocher, c'est à toi que tu feras mal.

Proverbe coréen

Mais ne plus lui en vouloir, le lâcher en lâchant prise, c'est aussi laisser le lien se délier, voire se rompre, et c'est précisément ce que nous ne voulons pas lorsque nous éprouvons du ressentiment envers quelqu'un. Car aussi incroyable que cela puisse paraître, notre obstination à lui en vouloir s'explique aussi par notre désir de rester reliés avec le coupable quand nous voudrions tant qu'il n'ait jamais existé.

N'avez-vous jamais observé combien les bagarres judiciaires que d'anciens époux se livrent pendant des années, que ce soit pour la garde des enfants, la pension alimentaire ou le partage de leurs biens, constituent leur seul moyen de maintenir la relation entre eux ? Et n'avez-vous jamais remarqué que les frères et sœurs qui se disputent un héritage, quelquefois férocement, utilisent de façon inconsciente avocats et tribunaux pour être le seul lien qui les rattache encore les uns aux autres ?

Plus encore, si vous avez connu d'anciens déportés qui sont revenus des camps sans leur conjoint, leur père, leur mère, leur fils, leur fille, voire toute leur famille, n'avez-vous pas été frappé de constater que leur ressentiment leur permet, par-delà les bourreaux, de maintenir le lien avec leurs morts et, d'une certaine manière, donc, de ne pas les oublier ? N'avez-vous pas relevé que, pour eux, ne plus éprouver de ressentiment serait comme trahir leurs martyrs et la mémoire de ceux-ci ?

UNE ORIGINE PLUS PROFONDE ENCORE

Il s'agit aussi, pour qui est animé de ressentiment, d'avoir un coupable sous la main. De pouvoir le maudire, le détester, l'exécrer. Il s'agit donc, pour qui est animé de ressentiment, de laisser ce coupable – et qu'importe si ce n'est pas toujours le même – habiter ses jours et hanter ses nuits. Il s'agit de ne pas le lâcher comme si, de cette prise continue, il allait subir la torture et vivre l'enfer.

Mais quel est donc ce coupable ? Est-ce vraiment le mari volage ? La femme adultère ? L'associé voleur ? Le voisin bruyant ? L'insupportable belle-mère ? On pourrait le croire si les personnes fortement animées de ressentiment ne passaient pas, tout au long de leur vie, d'un coupable à un autre. Mais dès lors que le ressentiment s'avère indépendant de son objet, dès lors qu'il trouve toujours une raison pour se manifester et donc une personne sur laquelle se porter, c'est donc que le coupable ne doit pas être celui qu'on croit. Et comme il n'y a, tout compte fait, qu'autrui et soi, et personne d'autre, il faut admettre que, pour autant qu'il y ait un coupable - ce qui n'est pas -, si ce n'est pas autrui, c'est donc...

IL N'Y A DE RESSENTIMENT QU'ENVERS SOI

Le coupable, c'est donc soi ! Nous sommes, ou plutôt nous nous croyons coupables, plus ou moins il est vrai, mais un tant soit peu coupables quand même, d'avoir fait souffrir notre mère lors de notre venue au monde, coupables d'être le préféré de nos parents, coupables des sacrifices qu'on nous a dit avoir dû faire pour nous, et quelquefois coupables d'exister. Coupables, qui sait, de nous être incarnés dans un corps pour vivre la dualité du monde au lieu d'être demeurés dans le délice de l'unité primordiale ou coupables, plus certainement, d'avoir renoncé à notre splendeur, pour nous adapter à notre environnement, coupables d'avoir oublié notre grandeur pour correspondre à ce qu'on attendait de nous, coupables d'avoir procédé par négation de nous-mêmes jusqu'à n'être plus qu'une pâle ressemblance des promesses de notre naissance.

Et comment ne pas nous en vouloir, alors, d'avoir vécu en niant qui nous sommes, en ignorant notre humanité, en désobligeant la plus haute version de nous-mêmes que d'aucuns nommeraient notre divinité ?

On aura compris la suite de l'histoire. Notre ressentiment a, périodiquement au moins, besoin d'exploser et comme il est difficile de se prendre, soi-même, directement pour cible, nous créons sur notre chemin des situations qui vont nous le permettre et, partant, nous créons des personnes sur lesquelles il va pouvoir porter. D'abord, nos parents et nos maîtres qui sont les premiers disponibles. Ensuite, nos voisins, nos conjoints, nos collègues, etc. Nous les créons inconsciemment, bien sûr, parce que nous ne le faisons pas exprès si des voisins aussi bruyants qu'insupportables viennent s'installer au-dessus de chez nous, tirant sans cesse les meubles sur le parquet, mettant la musique à fond et passant l'aspirateur à cinq heures du matin. Nous ne le faisons pas exprès, mais ça tombe sur nous juste quand il fallait à notre ressentiment quelqu'un sur qui se braquer. Nous créons donc ces personnes comme un auteur crée ses personnages, de telle sorte qu'elles jouent leur rôle, celui de permettre à notre culpabilité de se détourner de son véritable sujet, nous-mêmes. Ne peut-on pas observer d'ailleurs, une fois qu'on a compris cet incroyable enchaînement, que ceux qui ont le plus de ressentiment sont ceux qui se sentent le plus coupables ? Coupables de forfaits qu'ils n'ont évidemment pas commis, mais coupables quand même, selon ce qu'ils croient. Et inversement, nous pouvons, sans doute, relever que plus les êtres humains que nous sommes ont de la culpabilité bien cachée dans les replis de leur inconscient et plus ils ont de ressentiment.

À vous maintenant…

Il est temps que vous preniez une petite pause (dans votre vie ou plus immédiatement dans la lecture de ce chapitre, à moins que ce ne soient les deux) et que vous vous accordiez le temps de regarder en face :

- d'abord vos ressentiments :
  - les plus anciens ;
  - les plus récents ;
  - les plus récurrents ;

- ensuite vos culpabilités :
  - les plus apparentes ;
  - les moins apparentes.

Cela fait, mesurez combien, en en voulant à l'autre, c'est à vous-même que vous en voulez.

Qui en veut s'en veut. Difficile à admettre de prime abord, mais tellement évident une fois qu'on a accepté d'aller visiter, comme disent les alchimistes, l'intérieur de la terre, soit l'intérieur de soi-même pour y trouver la pierre cachée. Celle qu'on a toujours été prêt à jeter sur la femme adultère, sur son amant et sur tout autre que soi-même. « V.I.T.R.I.O.L.[25] », disent-ils, c'est-à-dire : « Visite l'intérieur de la terre et, en rectifiant, tu trouveras la pierre cachée », autrement dit : « Tu découvriras la pierre précieuse que tu es. »

Qui en veut s'en veut.

En rectifiant. Plus précisément, en acceptant de regarder en face sa propre culpabilité, en observant tous les ressentiments auxquels elle a mené, en constatant toutes les souffrances qu'elle a occasionnées et finalement en choisissant du plus profond de soi de s'en défaire, de s'en libérer, de se libérer.

D'aucuns diront certainement : « Plus facile à dire qu'à faire », et c'est vrai. D'abord, parce qu'il n'est guère évident de se reconnaître innocent quand on a porté, pendant des décennies, le poids de tant de culpabilité. Ensuite, parce que la culpabilité a une valeur (si elle n'en avait pas, nous ne la conserverions pas) et, cette valeur, c'est le sentiment de toute-puissance qui a pu nous animer et auquel il est malaisé de renoncer.

Lettre reçue d'une amie quelques semaines après un déjeuner avec elle :

[...] et merci de m'avoir aidée à y voir clair [...]. C'est vrai que, sur le moment, quand tu m'en as parlé, j'étais sur la défensive [...] et désolée si j'ai été un peu vive ! Tu me comprends, j'en suis sûre ; comment entendre sans broncher qu'on n'est coupable de rien lorsque, comme moi, on s'est fait accuser des pires crimes (avoir tué ma mère morte en couches, avoir été la cause du chagrin de mon père, avoir obligé ma grande sœur à sacrifier sa jeunesse pour nous élever, mon petit frère et moi, et j'en passe) ? Et comment entendre sans broncher que cette culpabilité m'a permis de me croire toute-puissante ? Mais

je dois t'avouer que tu as raison. C'est une dispute avec ma sœur... qui me l'a révélé. Je me suis rendu compte que, si elle ne s'était jamais mariée, c'était son choix et que, finalement, je n'y étais pour rien. Comment, d'ailleurs, aurais-je pu, moi, l'en empêcher ? Si vraiment elle l'avait voulu, elle aurait trouvé quelqu'un et il y aurait eu une solution pour mon frère et moi, c'est certain ! En fait, je me rends compte que nous avons été un beau prétexte pour elle pour se justifier de n'avoir pas trouvé chaussure à son pied et, moi, j'ai été assez sotte pour croire que j'avais un tel pouvoir, comme j'ai cru que j'avais eu celui de faire mourir ma mère ! Sans doute est-elle morte à l'occasion de ma naissance, mais qu'est-ce que j'y peux, moi, si ça s'est mal passé, et si les médecins n'ont pas su faire ce qu'il fallait pour arrêter son hémorragie post-partum ? [...] Et ce qui est fou, c'est qu'on s'habitue à cette sorte de pouvoir qu'on a sur les autres, sur les choses et sur le monde [...] et qu'on passe sa vie, comme moi, à manipuler son entourage, à se mentir à soi-même et à se débrouiller tout seul !

....

Renoncer à sa toute-puissance qui est, au fond, réelle impuissance, c'est renoncer à être coupable et, renoncer à être coupable, c'est en finir avec le ressentiment, et renoncer au ressentiment, c'est une autre façon d'aimer.

DU RESSENTIMENT AU PARDON

On croit souvent que l'antidote au ressentiment, c'est le pardon. Et c'est vrai. Mais vouloir passer de l'un à l'autre, sans transition, c'est comme, pour une chenille, vouloir devenir papillon avant que d'avoir été chrysalide.

Le proposer participe d'une noble intention et s'y engager tout autant. Mais pour qui n'est pas allé en profondeur à la rencontre de la culpabilité nichée dans les recoins les plus reculés de son inconscient, pour qui n'a pas totalement pris conscience de la toute-puissance illusoire qui l'anime inconsciemment, les rechutes sont fréquentes et, parfois, violentes.

Il n'est de vrai pardon qu'à soi-même. C'est lorsque nous nous sommes pardonné des fautes que, bien souvent, d'ailleurs, nous n'avons pas commises, mais aussi des erreurs que nous avons pu faire, des errements qui ont été les nôtres, que nous pouvons commencer non point à pardonner à autrui, ce qui serait encore de la toute-puissance (qui sommes-nous, nous, pour lui accorder notre altier pardon ?), mais à ne plus le haïr, à ne plus le maudire, à ne plus lui en vouloir.

Il n'est de vrai pardon qu'à soi-même.

Un blogueur écrit :

Je n'aurais de cesse, dans cette vie, que d'apprendre le pardon et que de ne plus éprouver aucun ressentiment. Je m'entraîne, si je peux dire, avec les petites choses de la vie, comme le fait qu'un type me fasse une queue de poisson sur l'autoroute. En d'autres temps, dans de semblables circonstances, j'aurais sans doute cherché à le rattraper, à lui repasser devant, à le klaxonner avec véhémence et à lui lancer des injures grossières par-delà ma vitre baissée. Mais aujourd'hui, je m'efforce de le prendre de façon moins personnelle. Je me dis que ce gars a sans doute de bonnes raisons d'être pressé, que sa femme est peut-être en train d'accoucher à l'hôpital ou qu'il veut embrasser son père une dernière fois avant qu'il n'expire ou qui sait quoi encore de ce genre. Ou même je me dis que ce type est dans tous ses états parce que sa femme l'a quitté ou parce que sa mère est malade ou parce que son enfant a eu un accident ou parce que son patron est à deux doigts de le virer et qu'il a besoin de s'en prendre à qui se trouve sur son chemin pour se sentir mieux lui-même. Ainsi, je suis plus enclin à pardonner à l'autre, et si je le peux pour des petites choses, pourquoi ne le pourrais-je aussi pour de plus sérieuses ?

Il n'y a, disions-nous, de pardon qu'envers soi. Ce qui veut dire que lorsqu'on a du mal à pardonner à l'autre, c'est que la résistance au pardon envers soi-même est la plus forte. Et c'est donc qu'on veut demeurer coupable. C'est donc qu'on veut conserver l'illusion de la toute-puissance. Toute-puissance pourtant qui empêche toute réelle puissance. Toute-puissance attachée au ressentiment et donc au fait d'en vouloir à l'autre, c'est-à-dire à soi, qui fait obstacle au fait d'en vouloir dans le sens de se sentir pousser des ailes, de faire front, dans le sens d'une résolution sans borne à avancer vers la réalisation de soi.

DE LA TOUTE-PUISSANCE À LA RÉELLE PUISSANCE

On ne peut vraiment pardonner qu'en se pardonnant à soi-même ; on ne peut se pardonner, à soi, qu'en renonçant à être coupable ; on ne peut renoncer à être coupable qu'en renonçant à être tout-puissant. Tout un programme.

Pour reprendre l'exemple donné au début de cet ouvrage, nous pouvons nous demander comment un enfant à qui l'on a dit : « Si tu n'es pas sage, papa partira » pourrait ne pas se sentir coupable du départ ou de la mort de son père, comment il pourrait jamais se pardonner d'avoir été si mauvais que son père n'est plus là et comment, puisqu'il a eu, sans le savoir, sans le vouloir, l'immense pouvoir de faire partir son père, il ne serait pas tout-puissant.

Chacun saura, alors, en procédant à une introspection, éventuellement en posant ce livre quelques instants, rechercher ce qu'on lui a dit, petit, qui lui a fait se sentir à la fois coupable et tout-puissant, et chacun mesurera combien sa culpabilité était sans fondement et combien sa toute-puissance n'était que chimère. Dans son élan, chacun vérifiera combien cette culpabilité est restée collée à sa peau et combien, l'air de rien, l'illusion de toute-puissance a souvent mené la danse et causé, dans sa vie, d'amères infortunes. Peut-être importe-t-il alors d'y renoncer.

. . . .

Renoncer, me disait un ami, il y a une dizaine d'années, renoncer à ce que sa mère et, du coup, toutes les femmes de sa vie soient, grâce à lui, les plus gâtées, les plus comblées, les plus prospères. Lorsqu'il était enfant, il se croyait coupable de la mésentente de ses parents qui se disputaient souvent, jusqu'à l'extrême, « à cause de lui », et quand son père lui disait qu'il se sacrifiait pour lui acheter des cahiers et des livres d'école, il avait envie de lui hurler qu'il n'avait pas demandé à venir au monde. En outre, lorsqu'à la fin de chaque mois, il voyait sa mère ne pas parvenir à boucler son maigre budget et aller faire des ménages en cachette de son père pour ne pas lui avouer qu'elle n'avait plus d'argent, il se promettait que lorsqu'il serait grand, il ferait son bonheur, il gagnerait suffisamment pour lui offrir un château, pour lui payer une employée de maison et pour qu'elle ne manque plus jamais de rien.

Plus récemment, le même ami me confiait qu'il était dans une situation financière inextricable, qu'il s'était endetté de façon totalement déraisonnable et qu'il ne voulait surtout pas le dire à sa femme, son souci ayant été de toujours lui assurer le même niveau de vie alors que ses moyens ne le lui permettaient plus. De façon tout à fait incroyable, il apparaissait que, pour rendre heureuse la femme de sa vie, ce dont il croyait avoir le pouvoir, il s'était mis exactement dans les mêmes tourments de fin de mois que sa propre mère. Preuve que la toute-puissance ne mène à rien et qu'elle ne fait que prendre notre énergie, de sorte que notre vraie puissance s'en trouve dépourvue.

SE COMPLAIRE DANS L'ILLUSION

Jamais un enfant n'a fait partir son père, qui ne s'en est allé que parce qu'il l'avait décidé ou parce que c'était son heure. Jamais un nouveau-né n'a été responsable de l'accouchement douloureux de sa mère. Jamais une jeune femme n'a renoncé à se marier pour s'occuper de ses frères et sœurs, et jamais quiconque ne s'est sacrifié pour personne d'autre que lui-même.

La toute-puissance est aveu d'impuissance. Mais la plupart des êtres humains s'y complaisent. Observez tous ces gens qui râlent toujours après le système, qui usent de « y a qu'à » à profusion, qui ont des solutions pour tout et qui ne s'engagent en rien. Leur toute-puissance en paroles est illimitée, mais utilisent-ils un minimum de leur propre puissance pour changer ce qu'il est en leur pouvoir de changer ? Observez, d'ailleurs,

La toute-puissance est aveu d'impuissance.

aussi, ceux, les mêmes parfois, qui veulent modifier ce qui n'est pas de leur ressort (les règles, la loi, le régime, etc.) et qui ne sont pas même capables d'arrêter de boire, de fumer ou de se mettre perpétuellement dans les mêmes mauvais draps. Ils s'évertuent à vouloir changer le monde qu'ils sont impuissants à faire bouger et, pendant ce temps, se dispensent d'agir sur tout ce qui pourrait changer leur quotidien et le rendre meilleur, alors que c'est ce qui est à leur portée.

SE COMPLAIRE DANS LE RÔLE DE VICTIME

C'est qu'il est si bon d'être victime, victime de sa naissance, victime du système, victime de son peu d'éducation, victime des autres. Pour la victime, rien n'est sa faute et tout son art - entendez: sa toute-puissance - consiste à convaincre le monde entier de sa condition de « pauvre victime ». Et le pire, c'est qu'en surfant habilement sur la notion de « faute » et donc de culpabilité avec laquelle le monde entier est mal à l'aise, parce qu'incapable de faire la distinction entre culpabilité et responsabilité, elle parvient aisément à ses fins.

Elle dit que ce n'est pas de sa faute si elle a été placée de foyer en foyer quand elle était enfant, et c'est vrai. Elle dit que ce n'est pas sa faute si son père buvait et que sa mère se prostituait, et c'est vrai. Elle dit que ce n'est pas sa faute si les temps sont durs et qu'elle ne trouve pas de travail, et c'est vrai aussi, sans doute. Elle dit que ce n'est pas sa faute si elle est tombée sur le mauvais numéro, que ce n'est pas sa faute si, à son âge, elle ne retrouve pas d'emploi, que ce n'est pas sa faute s'il y a la crise, et tout cela est vrai. Mais pourquoi chercher toujours un coupable ? Pourquoi utiliser le mot « faute » ? Et qui donc l'a accusée de quoi que ce soit pour que, d'emblée, elle se mette sur la défensive en clamant : « C'est pas de ma faute » ? Qui donc lui a parlé de faute ? Qui d'autre sinon elle-même qui cherche, en nous attirant sur le terrain de la culpabilité, à se disculper sans cesse ?

Peut-elle entendre, cette éternelle victime, si on lui dit : « L'important n'est pas ce qu'on vous a fait, mais ce que vous allez faire de ce qu'on vous a fait » ? Peut-elle entendre celui qui lui tient ce langage et qui la regarde non point comme une coupable, mais comme un être responsable, c'est-à-dire apte à réagir à ce qu'il lui arrive, quoi qu'il lui arrive ? Peut-elle admettre qu'en renonçant à chercher un coupable, elle s'ouvre à toute sa puissance, non point sa toute-puissance dont elle a usé et abusé, mais à toute sa puissance ? Peut-elle se dispenser alors des bons vieux avantages qu'il y a à se plaindre et à paraître aux yeux de tous comme une malheureuse victime ? Peut-elle se résoudre, enfin, à assumer pleinement et entièrement la direction de sa vie sans plus rejeter sur personne la faute de ses échecs ?

L'important n'est pas ce qu'on vous a fait, mais ce que vous allez faire de ce qu'on vous a fait.

Vous vous sentez concerné ? Vous voulez, vous-même, relever le défi ? Vous ne voulez plus conjuguer la vie sur le mode coupable/non-coupable, vous ne voulez plus être victime des autres et, partant, évidemment, bourreau de vous-même, comme le dit Guy Corneau, vous ne voulez plus de ce semblant de puissance qui n'est que totale impuissance et vous voulez utiliser votre vraie puissance, rien que votre puissance, mais toute votre puissance ? Et pourquoi pas ? Qu'est-ce qui vous en empêche ?

INCOMMENSURABLE PUISSANCE

Effectivement, on nous a fait croire que notre puissance était immense, que nous pouvions, encore une fois, faire partir notre père, faire mourir notre mère, rendre l'autre heureux, rendre l'autre malheureux et, ce faisant, on a, bien entendu, abusé de notre innocence. De tous ces pouvoirs qui étaient supposément les nôtres, nous n'en avons aucun. Absolument aucun. Mais notre vraie puissance, en tant qu'elle n'est pas manipulation de l'autre, et en tant qu'elle porte sur nous et rien que sur nous, est incommensurable. Pour vrai, nous avons autant de puissance sur nous-mêmes qu'on nous a fait croire que nous en avions sur les autres.

Nous avons autant de puissance sur nous-mêmes qu'on nous a fait croire que nous en avions sur les autres.

Des preuves ? Ne vous êtes-vous jamais rendu malade ? Oui, bien sûr, et plus d'une fois, sans doute ? Et n'est-il pas vrai donc que vous avez la force, inconsciente, probablement, mais vigoureuse, néanmoins, d'altérer vos poumons, d'affaiblir votre cœur, de détruire vos cellules ? D'aucuns, autour de vous, ne sont-ils jamais allés eux-mêmes à la rencontre d'un mal qui les a menés tout droit au cimetière ? Les livres d'histoire ne regorgent-ils pas d'horreurs perpétrées de tout temps par des individus qui ont démontré jusqu'où pouvait aller la passion et donc la pulsion de détruire ? Et les mêmes livres d'histoire ne contiennent-ils pas aussi de nombreuses pages consacrées aux concepteurs de pyramides, aux bâtisseurs de cathédrales et aux combattants de la paix, qui font la démonstration irréfutable de la puissance inouïe qu'a l'être humain quand il s'agit de construire son propre univers, son propre environnement, sa propre existence ?

Si donc nos ancêtres, nos aïeux, nos semblables étaient ou sont dotés d'une telle puissance, pourquoi ne le serions-nous pas à notre tour ? Et comment pourrions-nous, alors, utiliser tout notre potentiel pour changer le monde ? Non point changer le monde en devisant de ce que le gouvernement devrait faire, de ce que l'Europe devrait faire, de ce que l'Amérique devrait faire et qui n'est pas en notre pouvoir, et qui serait inefficace, non point changer le monde en sachant mieux que les autres ce qui lui conviendrait, et qui serait inopérant, mais changer son monde ou, si l'on préfère, son univers.

À vous, maintenant...

Si vous voulez faire l'expérience de changer le monde, à votre mesure, une idée pourrait être, le jour où vous serez prêt, de faire du mot « bienveillance » votre devise. Commencez, le matin de ce jour-là, et dès votre réveil, à l'inscrire partout et même, si vous voulez, préparez le terrain la veille. Écrivez-le, comme aurait dit Paul Éluard, sur les pupitres « et les arbres, sur le sable, sur la neige [...] sur les champs, sur l'horizon [...] sur les ailes des oiseaux [...] sur la lampe qui s'allume, sur la lampe qui s'éteint ». Mettez de la bienveillance partout et mettez-la, ce jour-là, en pratique avec tous ceux qui croiseront votre chemin. Et comme à tout seigneur, tout honneur, commencez par vous-même, puisqu'il y a toutes les chances pour qu'au réveil, ce matin-là, la première personne que vous rencontriez, ce soit vous. Saluez-vous avec bienveillance, levez votre verre de jus d'orange ou votre tasse de café à votre santé, souhaitez-vous une bonne journée. Et, sans trop en faire qui serait inadéquat (pas besoin de distribuer de gros billets à tous les sans-abri qui vous tendront leur assiette ni de se forcer à sourire à tout le monde), continuez à vous montrer bienveillant en tous lieux et à l'égard de tous. À la boulangerie, au café, au bureau, au téléphone avec vos parents, bref partout et avec tous, et même (et peut-être surtout) avec ceux qui vous donnent le moins envie de l'être. Observez comment votre bienveillance à leur endroit change leur façon de se comporter avec vous. Et si d'aventure il se faisait que vous soyez confronté à de la malveillance, surtout ne vous découragez pas. Ne donnez pas à l'autre le pouvoir de vous déstabiliser. Ne lui donnez pas le pouvoir sur votre journée et encore moins sur votre vie, et dites-vous que c'est vous qui l'avez créé en face de vous, cet autre, dans le seul but de mettre votre bienveillance à l'épreuve. Offrez-vous alors la sublime joie de répondre à la malveillance par de la bienveillance. Et à la fin de cette belle journée, pas forcément facile, voyez comme vous avez changé votre univers.

Et si vous recommenciez le jour suivant ? Et si vous recommenciez tous les jours de votre vie ?

En vouloir à autrui, c'est :

méconnaître qu'il n'y a de ressentiment
qu'envers soi ;

se complaire dans la culpabilité
et dans l'impuissance.

En vouloir, c'est :

se sentir pousser des ailes
en se pardonnant à soi-même ;

se libérer de tout sentiment de culpabilité
et de l'illusion de toute-puissance ;

cesser d'être victime de ce qui nous arrive ;

comprendre que l'important n'est pas
ce qu'on nous a fait, mais ce qu'on va faire
de ce qui nous a été fait.

CHAPITRE 8
De la séduction au rayonnement

Les magazines, les grandes marques de parfums et autres cosmétiques, les couturiers et les fabricants de dessous féminins vantent les mérites de la séduction. Et dans un sens ils font bien. Ce sens est celui du souci du beau qu'ils s'accordent unanimement à mettre en valeur, parce qu'ils ont compris qu'aimer, c'est rendre précieux. Mais la séduction est aussi un processus de maquillage de la vérité.

Aimer, c'est rendre précieux.

AIMER, C'EST RENDRE PRÉCIEUX

Évidemment, les standards de beauté qui sont étalés sur les affiches, les devantures des magasins et les périodiques de mode, ne correspondent guère à la morphologie du plus grand nombre. Nous n'avons pas tous les formes d'un mannequin, ni les lèvres pulpeuses d'une star d'Hollywood, ni un torse d'athlète, ni une poitrine de rêve. Mais ce n'est pas ce qui compte. Ce qui importe, en effet, dans le message induit par toutes les publicités offertes à notre vue, c'est l'invitation constante à cultiver le beau. Parce qu'aimer, nous le disions, c'est rendre précieux. Rendre précieuses toutes choses, rendre précieux tous gestes, toutes actions, toutes paroles, rendre précieux tout silence et, bien sûr, se rendre précieux.

Il vous est peut-être déjà arrivé d'offrir à vos amis une tarte dont les contours étaient approximatifs et dont la croûte, pour avoir été laissée trop longtemps au four, était un peu brûlée sur les côtés. Il est probable que certains auront poliment refusé d'en prendre. Imaginez la même situation que vous gérez différemment. Dans la cuisine, ne vous lamentant plus du résultat, vous décidez de découper ce qui est présentable en petits carrés, vous posez lesdits petits carrés sur un joli plateau, voire une assiette plate en ardoise noire, vous en faites deux rangées bien alignées, chaque portion étant à égale distance de l'autre et vous plantez dans chacune un joli petit pic. Votre tarte ainsi présentée, il est à parier que vous n'aurez pas besoin d'insister pour que chacun s'en serve et s'en resserve.

Et de même, faites l'expérience de rendre précieux tout ce que vous apportez à table. Au lieu, par exemple, de servir le riz à la louche, mettez-le dans un petit bol demi-sphérique et retournez celui-ci sur l'assiette pour le présenter sous la forme d'un petit dôme; ça vous aura pris quelques secondes de plus, mais vous aurez rendu votre plat tellement plus précieux!

Et bien sûr, ce qui vaut pour la table vaut à tous égards. L'époque, hélas sans doute, veut qu'on soit à l'aise dans ses habits et dans ses baskets, et c'est plus confortable que d'avoir le torse engoncé dans un corset ou le cou étranglé par une cravate. Certes. Mais faut-il nécessairement que le confort exclue la beauté? Faut-il que le plaisir, pour certains, de se montrer, en quelque lieu que ce soit, libérés de toutes contraintes vestimentaires mette tant à mal leur image? Et faut-il que cette image leur importe si peu («J'en ai rien à f..., clament-ils. Ceux qui ne sont pas contents, ils n'ont qu'à...!»), faut-il, donc, que cette image d'eux-mêmes leur importe si peu qu'ils l'imposent aux autres?

Le beau et, à tout le moins, sa recherche ne participent-ils pas de la réalité de qui nous sommes? Ne révèlent-ils pas la véritable nature de notre âme, la véritable nature de notre être? Et inversement. «Aucune grâce extérieure, disait Victor Hugo, n'est complète si la beauté intérieure ne la vivifie. La beauté de l'âme se répand comme une lumière mystérieuse sur la beauté du corps.» Et Cocteau d'ajouter: «[Elle] agit même sur ceux qui ne la constatent pas.»

QUAND SÉDUIRE RIME AVEC MENTIR

On peut donc comprendre que les mérites de la séduction soient constamment soulignés au point même qu'il existe maintenant des «coachs en séduction». Pourquoi, en effet, lorsqu'on ne l'a jamais appris, ne pas se faire enseigner comment mettre en valeur ce qu'il y a de plus beau en soi, que ce soit dans l'objectif de trouver l'âme sœur, de se faire des amis, ou de décrocher un job?

Mais là où la séduction pose souvent problème, c'est lorsqu'elle est mise en œuvre pour cacher, le plus qu'il se peut, la part d'ombre qui est en nous.

Et il ne s'agit pas là que de la séduction amoureuse; il s'agit de ce genre de séduction que tout le monde connaît, qui a cours dans tous les domaines - amoureux, amical, professionnel - et qui consiste à vouloir se faire aimer à tout prix, par mille et un subterfuges. Le séducteur qui n'est pas que don Juan en quête de nouvelles conquêtes, le séducteur qui est chacun de nous lorsque nous ne disons pas la vérité pour ne pas déplaire ou lorsque nous ne montrons pas notre côté obscur, celui qui se sert de l'autre pour n'aimer que lui (et bien mal s'aimer, d'ailleurs), celui, donc, qui met toute sa créativité, toute son habileté, toute son énergie à maquiller la vérité et donc à manipuler.

LA MANIPULATION

Il existe plusieurs techniques de manipulation dont les principales sont faire des «mamours», menacer de retirer l'amour ou encore jouer sur la culpabilité. Cela ne vous fait penser à rien? Mais oui, bien sûr, c'est exactement ce que faisaient la plupart de nos parents et autres éducateurs.

Ainsi le séducteur peut-il être bonimenteur comme le chef d'entreprise qui veut expédier un de ses cadres aux confins d'un désert et qui enjolive à l'extrême sa proposition (« Tu vas voir, l'usine est flambant neuve, les employés sur place sont un modèle d'obéissance, l'hôtel est super ! »), mais qui reste très flou sur des détails importants (« On verra plus tard »), noyant le poisson pour vendre une mission difficile.

Il peut aussi user de flatterie et y aller à coups d'arguments comme ceux-ci : « Il n'y a que toi qui puisses nous sortir de là. Je me rappelle comment tu t'en es bien tiré l'année dernière et, soit dit entre nous, les autres ne sont pas à la hauteur ! » Montant d'un cran en face de celui qui pourrait se souvenir de la leçon de la fable selon laquelle « tout flatteur vit aux dépens de celui qui l'écoute », il en rajoute en utilisant l'arme de la connivence : « Qu'est-ce qu'on en a bavé pour décrocher ce contrat, tu te rappelles ? » Et, en cas de résistance, il dégaine l'arme fatale de la culpabilité : « Tu te rends compte de la panade dans laquelle on va se retrouver si tu n'y vas pas ? » « Comment ? Après tout ce qu'on a fait pour toi ! » surenchérit-il, éventuellement, avec des menaces à mots de moins en moins couverts : « J'en connais qui l'ont bien regretté, ils sont au chômage aujourd'hui. » Quand il ne va pas jusqu'à rabaisser et humilier l'autre pour parvenir à ses fins : « Franchement, je suis déçu… Je n'aurais jamais cru ça de toi ! »

Et ce qui a lieu dans l'entreprise se rejoue évidemment dans la relation amoureuse. Le décor change, les protagonistes aussi, mais, dans le fond, ce sont les mêmes techniques qui sont mises en œuvre pour que l'autre se plie au désir du séducteur qui mène la danse. Il fait le beau, il promet, il flatte, il menace, il culpabilise.

Pour autant, observer les techniques de manipulation et les décrire, voire les dénoncer, ne saurait en rien accréditer la thèse qu'il y a des manipulateurs (les méchants persécuteurs) et des manipulés (les gentilles victimes). Non point. La séduction amoureuse, pour n'évoquer qu'elle, est un jeu qui exige la présence de deux joueurs, chacun trouvant à la partie un intérêt particulier qui consiste en la jouissance de la conquête, pour l'un, en tant que conquérant et, pour l'autre, en tant que conquis ou conquise.

Ce qu'ils ont dit sur la séduction

Ce qu'on appelle violence, ce n'est rien. La séduction est la véritable violence.

Gotthold Ephraim Lessing

Quel ravage un être peut causer par la seule force de sa séduction.

Sacha Guitry

La meilleure séduction est de n'en employer aucune.

Charles Joseph de Ligne

....

Dans un groupe de thérapie, Béatrice raconte :

J'avais trente-cinq ans, le bel âge pour une femme, j'étais mariée, mère de trois enfants et, à l'époque, je travaillais au sein d'une équipe dont la figure de proue était un homme infiniment séducteur qui maîtrisait parfaitement l'art d'aimanter les gens qui croisaient son chemin. Pas vraiment beau mais charmeur à l'extrême, il avait compris que le meilleur moyen pour que sa femme ne se rende pas compte de ses manigances – et elle était bien la seule à ne rien voir – était de se comporter avec les deux sexes quasiment de la même façon. En faisant des compliments à un collègue de travail, au réceptionniste d'un hôtel, au maître d'hôtel d'un restaurant, il se dédouanait d'avance d'en faire tout autant à la dame du vestiaire, à l'hôtesse de l'air ou à la caissière du supermarché. Qu'y avait-il de mal à lancer à une femme : « J'espère qu'on vous a déjà dit que vous avez de beaux yeux » ou : « Vous êtes fiancée ? Il en a de la chance, votre amoureux ! » lorsque l'instant d'avant il avait plaisanté avec un homme, voire avec une vieille dame, en lui disant de belles paroles ? Toujours est-il que sa technique avec l'autre sexe était cent pour cent gagnante. Il complimentait à peu près tout ce qui se hissait sur des talons, de sorte qu'il suffisait qu'une sur dix morde à l'hameçon pour que son tableau de chasse ne cesse de se remplir. Et le pire, c'est que, même si je le voyais courtiser les unes et les autres, même si je le voyais passer de l'une à l'autre, j'ai fait partie de ces sottes qui se sont fait piéger et, qui plus est, ont cru au grand amour. Évidemment, il n'y avait de grand amour que parce qu'il y avait l'excitation du secret, l'ivresse des baisers volés, le ravissement des rendez-vous cachés. Et comme tout cela n'était qu'illusion, ça n'a guère duré que le temps de me rendre compte que je me fourvoyais, que sa séduction n'était que miroir de la mienne propre.

....

LA GENTILLESSE

Parmi les subterfuges du séducteur figure également, aussi étonnant que cela puisse paraître, la gentillesse. Non point la gentillesse désintéressée qui est vertu, bien sûr, mais la gentillesse affectée, qui ne tend qu'à obtenir de l'autre toujours et encore plus de reconnaissance et à remplir une faille narcissique qui ne cesse jamais d'en redemander. C'est cette sorte de gentillesse subtile, voire perverse, qui faisait dire à Thomas d'Ansembourg: «Cessez d'être gentils, soyez vrais.» Car «ce qui compte, écrivait Camus, c'est d'être vrai, et alors tout s'y inscrit, l'humanité et la simplicité».

Le cadeau qu'offre le séducteur, le compliment qu'il adresse, le geste qu'il fait, le sacrifice qu'il consent ne sont pas pour l'autre, ou pas totalement pour l'autre. Le séducteur se comporte avec gentillesse non point tant pour faire plaisir à l'autre mais, en priorité, pour être reconnu, apprécié, aimé. Ça marche, un temps du moins, parce que tout un chacun aime à être en compagnie de quelqu'un de gentil et que cette sorte de tromperie n'est pas identifiable aussitôt. Mais c'est toujours jusqu'à ce que le masque tombe, jusqu'à ce que l'autre, tôt ou tard, se rende compte que les actes de gentillesse n'étaient pas pour lui. Et c'est pourquoi le séducteur est obligé de changer périodiquement de proies. Il est comme les bonimenteurs qui sont tenus de ne pas rester sur le même marché s'ils veulent pouvoir refaire leur numéro. Et ça marche encore ailleurs, parfois même jusqu'au tombeau.

Pour autant, la gentillesse du séducteur n'est pas feinte. Elle existe en lui. C'est juste qu'au lieu de la mettre totalement au profit de l'autre, il s'en approprie le bénéfice.

QUAND ON DOIT À LA SÉDUCTION UNE FIÈRE CHANDELLE

Ainsi rien n'est-il jamais ni tout noir ni tout blanc et si la séduction peut nous paraître détestable, elle ne nous en a pas moins rendu d'infinis services.

Elle est ce que les sciences de la psyché appellent un mécanisme de défense. « Dans le fracas de l'existence, écrit Cyrulnik, un enfant met en place des moyens de défense interne [...]. » Cela signifie que, dans les premières années de notre vie, la séduction est ce que nous avons trouvé de mieux pour nous défendre, c'est-à-dire pour parler sans détour, pour ne pas nous suicider ou devenir fous. Comment gérer autrement, en effet, quand nous n'avons pas d'autres moyens, la menace d'être privés d'amour, la violence à notre endroit, l'humiliation, la dévalorisation ? Notre inconscient, qui a une intelligence remarquable, parfois bien au-delà de ce que notre esprit conscient peut concevoir, organise notre fonctionnement pour nous protéger, et la séduction et, avec elle, bien entendu, le mensonge sont des modes opératoires qu'il met en place à cet effet.

Aussi n'est-on pas menteur par vilenie, ni séducteur par égoïsme. On l'a été, au tout début de notre développement, par nécessité. C'était une question de survie, et la survie passait par la nécessaire adaptation à notre famille et à notre environnement. Et pour s'adapter, il a fallu renoncer à qui l'on était vraiment et il a fallu ruser.

Il convient donc de ne point détester la séduction qui a été, pour nous, un gilet de sauvetage avec plus ou moins de flotteurs, selon nos besoins. Ne point la détester mais, au contraire, lui rendre grâce. Lui rendre grâce et la congédier. La congédier pour rayonner.

RAYONNER PLUTÔT QUE SÉDUIRE

Ce qui se justifiait dans les premières années, à l'époque où il fallait être sage pour ne pas risquer de perdre l'amour, n'a plus lieu d'être. L'amour véritable exige de déprogrammer nos cellules qui ont enregistré qu'il fallait s'adapter pour exister, et de les reprogrammer afin qu'elles ne déclenchent plus le réflexe du mensonge et de la séduction.

C'est alors, une fois cette tâche accomplie, qu'on peut vraiment rayonner, non point de ce qui brille d'un éclat trompeur – ce serait de la séduction –, mais de la flamme, si petite soit-elle, qui est en notre cœur – et c'est alors rayonnement.

Elle n'est d'ailleurs jamais si petite que cela. « Pourquoi toujours "petit" ? » protestait un professeur de théâtre alors que l'un de ses élèves, sans doute fatigué de répéter pour la énième fois la même réplique, demandait : « Et si on prenait une petite pause ? » Pourquoi toujours « un p'tit café », « une p'tite bouffe », « un p'tit week-end » ? Oui, pourquoi voir toujours petit ? Si nous sommes « formatés » pour voir petit jusqu'au café, n'est-ce pas parce que c'est notre lumière intérieure que nous avons peine à considérer dans toute sa grandeur ? « Il existe, chez tout être humain, dit Serge Tisseron, un désir [...] de s'abaisser, de devenir de plus en plus petit, ténu, bref de tenir le moins de place possible. » Et si nous procédons ainsi, n'est-ce pas parce que, comme l'a fait remarquer Marianne Williamson, nous redoutons, du fait de notre éducation, de faire de l'ombre à l'autre ? Et si nous redoutons de faire de l'ombre à l'autre, n'est-ce pas parce que, tout compte fait, c'est de notre grandeur que nous avons le plus peur ? Notre petitesse, nous avons appris à faire avec, mais avec notre grandeur, non pas. C'est ainsi que, pratiquant l'un et ne sachant comment faire avec l'autre – ce qui revient au même –, nous avons usé de mille et un artifices pour cacher notre ombre.

C'est en ne niant plus l'ombre qu'on a mis tellement d'énergie à camoufler, en la regardant en face, en l'acceptant pleinement qu'on peut faire briller véritablement toute notre lumière. Comment autrement faire évoluer ce qu'on refuse de voir ? Comment autrement changer ce qu'on s'évertue à ne pas montrer ? Comment autrement transformer ce qu'on veut ignorer ?

VITRIOL, disions-nous au chapitre précédent lorsqu'il s'agissait du ressentiment. Mais VITRIOL encore : visite l'intérieur de la terre, c'est-à-dire de toi-même, c'est-à-dire, encore, de ton ombre, et tu découvriras la pierre (précieuse, disions-nous aussi) que tu es.

Alors, quand tu auras cessé de séduire, tu rayonneras. Et l'autre, enfin, tu rencontreras.

Quand tu auras cessé de séduire, tu rayonneras. Et l'autre, enfin, tu rencontreras.

Passer de la séduction au rayonnement, c'est :

ne plus nier l'ombre qui est en nous ;

cesser de briller d'un éclat trompeur ;

faire tomber les masques et laisser rayonner sa vraie lumière.

CHAPITRE 9
De la soif de je(ux) à la fin des jeux

Le psychanalyste Éric Berne avait étudié, dans son ouvrage intitulé *Des jeux et des hommes*[26], les jeux que nous passons infiniment de temps à jouer. Salinger en donne un bon exemple dans le dialogue qui suit, tiré de *L'Attrape-Cœurs*[27] :

> Stradlater : « Et en plus, j'ai une dissert'. Tu me la ferais pas, ma dissert' ? Si je ne la rends pas lundi, je vais avoir des emmerdes. [...] Tu veux bien ? »
>
> [...]
>
> Holden : J'ai pas répondu tout de suite. Avec les salauds dans son genre, le suspense c'est pas mauvais. J'ai dit : « Sur quoi la dissert' ? »
>
> Stradlater : « N'importe quoi. Une description. Une pièce dans une maison. Ou bien une maison. [...] Du moment qu'on décrit. »
>
> [Plus tard]
>
> Tout d'un coup, il a gueulé : « Holden, sacré bordel ! T'as parlé d'un gant de base-ball. »
>
> [...]
>
> Il m'a regardé, il a crié : « Pas étonnant si on te fout à la porte. Tu fais rien comme il faudrait. Je te jure. Jamais rien. »

LE MONDE EST UN THÉÂTRE

Des jeux comme celui-là, nous en jouons pléthore, les uns et les autres. En couple, en famille, entre amis, entre collègues et même avec des inconnus. Shakespeare l'avait bien compris qui écrivait: « Le monde entier est un théâtre, et tous, hommes et femmes, n'en sont que les acteurs. Et notre vie durant nous jouons plusieurs rôles. » Et Nietzsche tout autant qui disait: « Dans la plupart des amours, il y en a un qui joue et un autre qui est joué. Cupidon est avant tout un petit régisseur de théâtre. »

Avez-vous remarqué, d'ailleurs, que nous employons aussi le mot « scène » dans une acception qui révèle à quel point les jeux que nous jouons sont du théâtre ? « Il m'a fait une de ces scènes ! » disons-nous. « Vous ne pouvez pas savoir la scène qu'elle lui a faite ! » nous étonnons-nous.

Dans cet extrait de *L'Attrape-Cœurs*, le scénario de la pièce est clair. L'un des acteurs demande à l'autre de lui rendre service et l'autre est « coincé » entre deux options « perdantes », celle de refuser et de se le faire reprocher, celle d'accepter et de se faire réprimander parce que ce qu'il fera ne conviendra pas !

Évidemment, personne n'a conscience de jouer et les séquences de ce type que nous nous offrons si souvent participent d'un processus inconscient qui répond à notre besoin de revivre des situations et des émotions de notre enfance, car le connu même douloureux vaut toujours mieux, du moins le croyons-nous faussement, que l'inconnu toujours effrayant. Nous cherchons par là soit à obtenir des signes de reconnaissance (il vaut mieux recevoir des injures et des coups qu'être en proie à l'indifférence), soit à confirmer nos croyances (dans le dialogue de Salinger, il s'agit pour Stradlater de se confirmer qu'il a bien raison de croire que les autres sont des incapables, qu'on ne peut décidément faire confiance à personne et Holden est rentré dans le jeu pour se confirmer qu'il n'est bon à rien ou que personne ne l'aime).

Et puis, il faut bien le dire, nous suivons des modèles. Nos parents n'ont, souvent, pas cessé de jouer, nos camarades de classe pas davantage, nos amis, n'en parlons pas. Pourquoi ne ferions-nous pas pareillement ? En outre, les « actualités » dont les techniques modernes de communication nous permettent de nous abreuver à longueur de temps (n'a-t-on pas désormais l'info en continu ?) sont autant de modèles de jeux et ils sont tellement courants, tellement socialement acceptés, tellement récurrents qu'ils sont « normaux ». Ainsi est-il « normal » qu'on s'étripe au Parlement, qu'on lance des petites phrases assassines sur Twitter, qu'on accuse son adversaire dans une élection de tricherie, qu'on tape sur le gouvernement précédent, etc. Et cette « normalité » qui alimente force débats, interviews et commentaires sert, hélas, de modèle à la relation que les hommes entretiennent avec leurs semblables.

QUAND LE JEU DEVIENT DRAME

L'un des jeux les plus pratiqués dans le monde est celui du « oui, mais… » qui consiste, dans un échange avec l'autre, à répondre « oui, mais » à toutes ses suggestions.

« Tu iras au mariage de Virginie ?

— Non, elle n'est pas venue au mien.

— Ce n'est pas une raison, tu sais bien qu'elle était malade ce jour-là. Franchement, elle a toujours été là pour toi. Je trouve que ce ne serait pas sympa de ne pas y aller.

— Oui, mais c'est loin. Je ne me sens pas le courage de faire cent kilomètres.

— Je peux t'amener.

— Oui, mais il y a les enfants

— Maman peut les garder.

— Oui, mais en ce moment ils sont insupportables.

— Tu sais bien qu'elle sait y faire avec eux.

— Oui, mais… »

Bien sûr, des jeux comme celui-ci que tout le monde connaît, pour inconfortables qu'ils soient, ne portent pas vraiment à conséquence. Ils permettent de passer le temps, de tuer l'ennui, et, pour l'un, de se confirmer que personne ne peut rien pour lui et, pour l'autre qui a donné dans le « j'essaie seulement de vous aider », de se confirmer que les autres ne sont définitivement que des ingrats.

Certes, ces jeux endommagent la relation peu à peu, mais il en existe par ailleurs de beaucoup plus dramatiques. C'est le même processus inconscient qui les dirige, mais le besoin de reconnaissance est tellement intense et l'absolue nécessité de se confirmer ses propres croyances tellement impérieuse qu'ils conduisent au tribunal, à l'hôpital ou à la morgue. Ils sont le résultat de décisions prises très tôt dans la vie, décisions souvent programmées dans les niveaux les plus insondables de l'inconscient et qui se conjuguent sur le mode de « un jour, vous verrez ! oui, c'est cela, un jour, quand je serai grand, vous verrez ce que vous verrez ! ». L'enfant battu, l'enfant humilié, l'enfant maltraité, l'enfant abandonné, l'enfant incapable de se défendre a, souvent, fomenté sa réplique : « Un jour, vous m'aimerez ! » « Un jour, vous verrez ce dont je suis capable ! » « Un jour, vous verrez la peine que vous aurez quand vous viendrez sur ma tombe ! » Et c'est ainsi que débutent tous les jeux, des plus anodins aux plus effroyables.

D'aucuns, sans doute, ont du mal à envisager que tel crime odieux est le résultat d'un jeu. C'est parce qu'ils associent le mot « jeu » à un amusement sans considérer qu'on joue avec sa santé, qu'on joue de son autorité, qu'on joue des coudes, qu'on joue à la roulette russe, qu'on joue au petit soldat, qu'on joue avec le feu, et que tout cela, bien que jeux, n'est guère amusant. Le fait est donc, qu'on le veuille ou non, que les salles d'audience, les hôpitaux et les instituts médicolégaux trouvent l'essentiel de leur clientèle parmi des individus qui ont poussé les jeux jusqu'à l'extrême.

Et quoi de plus extrême que le génocide d'un peuple atrocement entrepris par un dictateur fou qui écrivait quelques années avant de le mettre en œuvre : « Ma pédagogie est dure. Il faut éliminer la faiblesse. [...] nous formerons une jeunesse dont le monde aura peur. Je veux une jeunesse violente, dominatrice, courageuse et cruelle. Il faut qu'elle sache endurer la souffrance. Elle ne doit rien avoir de faible ni de tendre. Que l'éclat de la bête féroce libre et magnifique brille à nouveau dans ses yeux. Je veux que ma jeunesse soit forte et belle [...] c'est ainsi que je pourrai créer l'ordre nouveau[28]. »

Cet horrible personnage n'a pu concevoir cela qu'en fonction de sa propre histoire. « D'après les documents dont nous disposons, écrit Alice Miller, nous pouvons assez facilement nous faire une image de l'atmosphère dans laquelle Hitler a grandi[29]. » N'avait-il pas, d'ailleurs, lui-même confié : « Je décidai alors de ne plus jamais pleurer quand mon père me fouetterait. Quelques jours plus tard, j'eus l'occasion de mettre ma volonté à l'épreuve. Ma mère, effrayée, se réfugia devant la porte. Quant à moi, je comptai silencieusement les coups de bâton qui me cinglaient le postérieur[30]. »

« La structure de sa famille, ajoute Alice Miller, pouvait être considérée comme le prototype du régime totalitaire. La seule autorité incontestée et souvent brutale y est le père. La femme et les enfants sont totalement soumis à sa volonté, à ses caprices et à ses humeurs ; ils doivent accepter les humiliations et les injustices sans poser de question et même avec reconnaissance ; l'obéissance est leur premier principe de vie[31]. »

Comment, dans ces conditions, le petit Adolf aurait-il pu ne pas décider, en son for intérieur, qu'un jour on verrait ce dont il serait capable ? Aussi, parvenu à l'âge adulte, est-il devenu lui-même un tyran déterminé à éliminer toute faiblesse pour anéantir la sienne propre.

Les jeux que nous jouons, car nous en jouons tous, ne sont pas aussi terribles. Il n'en demeure pas moins que si, heureusement, ils ne tuent pas des innocents, ils peuvent réussir, à la longue, pour qui n'y prend garde, à tuer l'amour.

Avez-vous remarqué comme ce sont toujours les mêmes jeux que nous jouons avec notre partenaire ? Avec nos parents ? Nos amis ? Nos frères et sœurs ? Des inconnus ? Ce ne sont pas les mêmes circonstances, bien sûr, pas toujours les mêmes lieux, ni les mêmes personnages secondaires, mais, au bout du compte, ce sont toujours, à peu de chose près, les mêmes titres qui reviennent aux scénettes que nous jouons. Et ce sont les mêmes rôles, interchangeables d'ailleurs, de persécuteur et/ou de victime et/ou de sauveteur que nous répétons sans cesse. Ce sont, chaque fois, les mêmes émotions qui se manifestent, pendant le déroulement du jeu et à la fin de l'épisode, le même malaise, la même colère, la même jouissance, la même douleur. Et le même apaisement.

Certains diront que ça peut faire du bien, en particulier au couple. Oui, mais si l'on sait que les antibiotiques parviennent à avoir raison de la maladie, est-ce une raison pour être malade ?

JEUX ET PROJECTIONS

L'exemple d'Hitler est tristement éloquent. Lorsqu'il dit qu'il veut une jeunesse « violente, dominatrice, courageuse et cruelle », c'est de lui qu'il parle, évidemment. C'est de ce qu'il aurait tant aimé pouvoir être, enfant, pour se défendre face à la violence de son père, à sa domination et à sa cruauté. Et lorsqu'il veut que « la bête féroce libre et magnifique brille à nouveau dans ses yeux », c'est de ses propres yeux qu'il s'agit, de sa propre liberté.

C'est terrible à dire, ça n'excuse rien, ça ne justifie rien, mais ça illustre combien tout est projection. Et, à notre façon, nous procédons tous de la même manière. Nous projetons notre histoire partout où nous pouvons. Nous projetons sur l'autre nos parents, nos frères et sœurs et quelques-uns de ceux qui ont profondément marqué notre petite enfance. Avec eux, nous avons vécu des misères de toutes sortes et le fait est que, même si cela a été éprouvant, même si cela a été extrêmement douloureux, nous y avons survécu, nous savons faire avec et, comme nous savons faire avec, nous créons, en permanence, des pièces dans lesquelles nous avons le rôle principal avec les acteurs que nous avons sous la main, notre conjoint, notre collègue, l'automobiliste qui croise malencontreusement notre chemin, notre voisin du dessus, et cela, pour répéter le passé en émotions.

Ne dit-on pas souvent, d'ailleurs, d'un tel qu'il a épousé sa mère, d'une telle qu'elle a épousé son père ? Ce n'est pas un hasard, sans doute. C'est qu'au-delà des apparences qui tendraient à démontrer le contraire (« Pas du tout, il [elle] ne lui ressemble pas ! »), nous avons été attirés par quelqu'un qui, psychologiquement, pouvait nous donner la réplique dans le cadre des jeux mis en œuvre pour répéter des histoires anciennes. Et l'incroyable mais vrai, c'est que, de la même façon, l'autre a été attiré par nous pour que nous lui donnions la réplique souhaitée, inconsciemment, bien sûr, dans le cadre de ses propres jeux à lui. Car les scénarios de personnes attirées les unes par les autres et réciproquement sont, étonnamment, toujours complémentaires.

On serait certainement bien avisé, au lieu de lire aux mariés des articles du Code civil dont ils se moquent éperdument, d'attirer leur attention sur les jeux qu'ils vont jouer, non point pour les décourager, mais pour les alerter du danger qu'il y a à y entrer. Combien de divorces seraient-ils ainsi évités ?

En tout cas, pour ceux qui n'ont pas la chance d'avoir été avertis et qui, les deux pieds joints, ont bondi sur la scène des jeux à jouer, il n'y a plus, pour autant qu'ils le veuillent, qu'à y mettre fin.

LA FIN DES JEUX

Nous disions « je(ux) », on l'aura compris, parce que les jeux se passent au niveau des « moi » de chacun. « Le moi, disait Pascal, est injuste en soi, en ce qu'il se fait centre de tout et incommode aux autres, en ce qu'il les veut asservir. »

Considérez le jeu de « oui, mais » évoqué plus avant. N'est-ce pas les « moi, je » qui s'expriment ? Le « je » n'est-il pas le centre de tout et ne veut-il pas, en entraînant l'autre sur son terrain « de je », tout simplement l'asservir ?

Les ouvrages qui traitent des jeux psychologiques sont remplis de conseils pour adopter l'attitude adéquate afin d'éviter de rentrer dans le piège tendu par l'autre qui veut jouer. Il n'est pas inutile de s'y référer et d'expérimenter comment il est possible de ne pas mordre à l'hameçon. Mais les techniques demeurent des techniques et si le fait de les adopter peut aider, le résultat à long terme n'est pas garanti. C'est probablement qu'il faut aller plus loin.

Les jeux, effectivement, permettent de communiquer de « moi, je » à « moi, je ». Par conséquent, le meilleur moyen de les faire cesser est, sans doute, de mettre la communication à un autre niveau et de passer au mode qu'on appellera de « cœur à cœur ».

DE CŒUR À CŒUR

« La même salive, dit savoureusement André Comte-Sponville, fait le crachat ou le baiser », de sorte que la langue qu'on délie pour des insanités est la même qui sert aux civilités. Aussi n'est-il pas déraisonnable de concevoir qu'on peut passer des jeux qui saccagent aux joies qui réjouissent et ainsi d'envisager de descendre enfin de scène et de ne plus jouer.

La langue qu'on délie pour des insanités est la même qui sert aux civilités.

Et si, en effet, nous décidions que la vie n'est plus un théâtre où nous rejouons toujours les mêmes rôles ? Si nous décidions de ne plus vivre d'histoires difficiles avec des coups de théâtre qui assomment, des rebondissements qui font frémir, des souffrances qui déchirent et des fins provisoires qui donnent rendez-vous à la prochaine épreuve ? De ne plus lancer d'hameçons à l'autre et de ne plus mordre aux hameçons tendus vers nous ? De ne plus rien projeter sur l'autre et de communiquer avec lui, avec elle, d'être à être ?

On dit souvent qu'il faut être deux pour jouer. Il n'y a rien de plus vrai et cela implique qu'il suffit d'un seul pour ne pas jouer. Ainsi, l'argument qui consiste à dire : « Moi, je suis d'accord pour arrêter les jeux, mais il faut que l'autre soit d'accord aussi » est infondé et ne fait que démontrer que celui qui se déclare prêt à cesser de jouer ne l'est pas autant que cela, sinon pas du tout. Le fait d'ailleurs de rejeter sur l'autre la responsabilité de la poursuite des jeux ne s'appelle pas autrement qu'un… jeu !

Rejeter sur l'autre la responsabilité de la poursuite des jeux ne s'appelle pas autrement qu'un… jeu !

Dès lors, s'il suffit d'un seul pour ne plus jouer, ce seul ne peut être que… soi. Si ce n'est pas moi, qui ? Et si ce n'est pas maintenant, quand ? Et si ce n'est pas ici, où ? Il en découle que nous avons l'entière responsabilité des jeux qui se jouent encore dans notre vie et que nous avons tout le loisir de ne pas y entrer.

Au-delà donc des techniques qu'on peut utiliser qui sont autant de garde-fous, pourquoi ne pas, tout simplement, voir l'autre sans son masque, pourquoi ne pas le voir sans son costume de scène, pourquoi ne pas le voir autrement que dans le personnage qu'il joue ?

Considérons qu'il y a, pour chacun, un personnage, celui qui se réfugie encore et toujours dans son armure, qui met en place maints mécanismes de défense, qui essaie de remplir le puits sans fond de son manque d'amour et il y a, au-delà dudit personnage, l'infinie beauté, l'infinie grandeur, l'infinie pureté de tout un chacun dans son innocence primordiale.

Il s'agit donc, en toutes circonstances, en tous lieux, à tout moment, de voir l'autre tel qu'il est et non pas tel qu'il apparaît en représentation. Et il s'agit de remettre la relation à ce diapason, celui de l'être, celui du cœur.

Pour illustrer cette idée, amusons-nous à créer ici un exemple de jeu.

Exemple de jeu

Pauline : Bon, comme d'habitude, c'est moi qui me suis coltiné toute la vaisselle pendant que Monsieur était pendu au téléphone.

(De victime, Pauline devient persécutrice.)

Guy : Mais Madame aurait pu patienter cinq minutes, et je serais venu l'aider ! C'était pas plus difficile que ça !

(Guy mord à l'hameçon. Il prend à son tour le rôle de persécuteur et lance, en direction de Pauline, un nouvel appât sur lequel elle se jette aussitôt.)

Pauline : Cinq minutes ? Non mais je rêve ! Dites-moi que je rêve ! Ça fait près d'une heure, montre en main, que tu parles foot avec je ne sais quel pote ! Et moi, je rentre épuisée du boulot et il faut encore que je me tape tout.

(Cette fois, Pauline passe du rôle de persécutrice à celui de victime.)

Guy : De toute façon, c'est jamais comme il faudrait. Il suffit que je fasse pas ce que tu veux quand tu veux pour que ça tourne au vinaigre. C'est comme au boulot… J'en ai ras le bol !

(Là, Guy est manifestement victime.)

Plus tard :

Guy : Bon, allez… on va pas se gâcher toute la soirée. Ça te dirait qu'on se fasse un bon film ?

(Il prend le rôle de sauveur et, au bout du compte, rien n'est vraiment réglé. Pauline n'a pas dit ce qu'elle avait vraiment sur le cœur et Guy a ravalé sa contrariété… jusqu'à la prochaine fois.)

Réécrivons la scène (qui ne va plus être une scène) de cœur à cœur.

Pauline : Bon, comme d'habitude, c'est moi qui me suis coltiné toute la vaisselle pendant que Monsieur était pendu au téléphone.

Guy : Désolé, j'ai pas vu le temps passer. Qu'est-ce que je peux faire pour t'aider ?

(Pauline ne veut pas renoncer et revient à la charge avec d'autres appâts.)

Pauline : Non, mais tu te fous de moi ! Tu vois pas que j'ai tout fait ? Et que tout est hyper-propre ? Mais regardez-moi ça ! « Qu'est-ce que je peux faire pour t'aider ? » qu'il a dit !

(Guy est résolu à ne pas mordre à l'hameçon et à voir Pauline au-delà du personnage dont elle joue le rôle.)

Guy : Qu'est-ce qui ne va pas, Pauline ? Tu as un problème au boulot ? Tu t'inquiètes pour ton père ? Allez, dis-moi ce qui te tracasse. Tu sais que je t'aime et que je suis toujours là pour toi.

(Pauline se met à sangloter.)

Pauline : J'en peux plus ! C'est trop pour moi ! Mon père à l'hosto et toutes ces connes de clientes qui profitent que je les coiffe pour me raconter toute la journée leurs problèmes à deux balles, j'en ai marre, je craque !

(Évidemment, Guy prend Pauline dans ses bras et la réconforte de tout son amour.)

La plupart des jeux sont des appels au secours, particulièrement lorsqu'ils se jouent au sein du couple. Ils sont mis en place parce que les partenaires ne savent pas dire les choses, soit parce qu'ils n'ont pas appris à le faire, soit parce qu'il leur a été interdit de montrer leurs émotions et encore plus de se mettre à nu. Ils servent donc à exprimer ce qu'on n'ose pas dire (« J'ai tellement envie de te sentir près de moi ! », « Je voudrais tant t'ouvrir mon cœur ! », « Je me sens si bien quand on est ensemble ! », etc.) et il n'est pas rare que, pour parvenir à ce résultat, on passe par des chemins ô combien détournés.

....

Une amie chère me raconte :

Quand Édouard m'a avoué qu'il avait une maîtresse[32]*, j'ai failli réagir comme au théâtre et au cinéma, lui dire que c'était un salaud, lui demander qui était la pouffiasse, et finalement lui mettre ses valises devant la porte et demander le divorce. Le classique, quoi ! Et, tout à coup, j'ai réalisé que notre chemin ensemble n'était pas terminé et qu'en me donnant l'occasion de jouer à la femme trompée, mon mari – qui n'en était nullement conscient – me demandait de l'aide. Au risque, bien entendu, de le déstabiliser totalement – car, consciemment, il n'attendait qu'une chose et c'était que je le mette dehors pour aller rejoindre l'autre –, j'ai fait tout le contraire de ce que toutes mes copines m'auraient immanquablement conseillé. Je lui ai exprimé tout mon amour.*

Bien sûr, je n'ai pas nié ma souffrance, je l'ai même exprimée abondamment mais, en même temps, je me suis bien gardée de lui faire le moindre reproche. Je lui ai dit combien j'aimais non pas le personnage de séducteur qu'il jouait, mais le Édouard authentique que je savais exister derrière une solide carapace. Les heures et les jours qui ont suivi n'ont pas été faciles parce qu'il est malaisé, pour qui a toujours filtré les manifestations d'amour, de les recevoir avec autant d'intensité. Mais malgré de nombreuses tentatives de jouer encore, face auxquelles j'ai tenu bon, j'ai eu l'immense joie de retrouver mon mari et de prendre avec lui l'engagement d'une totale transparence.

C'est à ce moment-là que nous sommes partis sur les bords du lac W. Et, après plus de trente ans de mariage, ce furent les plus belles vacances de notre vie. Il voulait tout recommencer avec une autre femme et c'est ce qui s'est passé. Il ne se doutait pas que ce qu'il voulait profondément, c'est que cette autre femme, ce soit moi. D'une certaine façon, je suis sûre que son âme était passée par son inconscient et donc par le jeu (pas facile du tout à détecter) pour appeler ma propre âme à la reconnaître et à la rencontrer vraiment. Mon Dieu, on l'a échappé belle ! Et ç'aurait été d'autant plus dommage que notre relation est maintenant plus belle que jamais !

Ce récit évoque ce qu'Olivia Gazalé dit de l'amour. C'est, écrit-elle, « un saut prohibitif [...] un réveil enthousiaste et affirmatif, une révélation, une régénération, un élan libérateur, une guérison, bref, une résurrection[33] ».

....

FRUSTRATION, QUAND TU NOUS TIENS

Il y a ce « truc », pourtant, qui colle à nous depuis toujours, avec lequel nous avons appris à faire, qui a tellement servi à notre éducation, parfois même à notre analyse et dont nous avons bien du mal à imaginer pouvoir nous passer, et c'est… la frustration.

À l'instar de ce joueur de football à qui l'on demandait comment il avait vécu le fait d'être resté sur le banc et qui répondait : « Je peux vous dire que ce sont des moments qui font mal, mais quelque part, cela m'a reboosté. Cette frustration m'a donné encore plus l'envie de me battre[34] », n'avons-nous pas la croyance profondément ancrée qu'il faut de la frustration pour avancer ? Et n'est-ce pas là la valeur inconsciente que nous donnons aux frustrations de notre vie ?

Mais avancer vers quoi ? pourra objecter celui qui ne comprend pas pourquoi sa femme se retourne systématiquement de l'autre côté tous les soirs que Dieu fait, depuis plusieurs semaines, si ce n'est depuis plusieurs mois. Mais avancer vers quoi ? pourra objecter celle qui n'en peut plus de ce que son mari ne lui dise jamais rien de ce qu'il ressent, de sorte qu'elle a l'impression constante de vivre avec un zombie.

Comme on n'avance jamais que vers soi-même et qu'il n'y a pas de raison que la frustration fasse échec à cet aphorisme, il est probable, pour qui veut l'entendre, que ce mécanisme qui sous-tend tous les jeux psychologiques soit comme un cadeau qu'on se fait pour décider de… ne plus jouer.

Le mot d'humour

Au comptoir d'un bar, un gars lance à une fille :

— Salut, beauté ! Je t'offre un verre ?

— Tu préférerais pas aller directement chez toi ? lui demande-t-elle.

— Ben… oui, d'accord, fait-il.

Alors, la fille quitte le comptoir en disant :

— Super ! Alors, rentre bien !

Et tant qu'à faire, d'ailleurs, on peut, en passant, prendre conscience de ce besoin qu'on a eu si longtemps d'un tiers séparateur et de tout ce qui en a fait fonction. Un amant, une maîtresse, les enfants, un travail dévorant, les soucis qui nous ont permis d'éviter la fusion, bref tous les moyens qui nous ont semblé bons – encore une fois, sans qu'on en ait eu le moindrement conscience – pour éviter l'intimité, ou pour la vivre, mais pas trop quand même.

C'est que, le plus souvent, l'intimité fait peur. Parfois, terriblement peur. Et en même temps, parce que tout petit d'homme a la mémoire du bonheur de son séjour dans le ventre maternel, elle attire irrésistiblement. De ce fait, il n'est pas rare, relativement à l'intimité, que, mus par l'élan de retrouver une relation fusionnelle, nous fassions un pas en avant, mais que, terrifiés par la perspective probable d'une séparation redoutée (n'avons-nous pas été séparés de notre mère ne serait-ce que par le fait même de notre naissance ?), nous fassions aussitôt deux pas en arrière.

Cependant, nous sommes loin, compte tenu de notre éducation, de pouvoir reconnaître cette crainte qui nous habite et qui nous guide. Crainte de revivre ce que nous avons déjà vécu, jadis, il y a très longtemps, à l'aube même de notre vie, à l'époque où, innocents, nous faisions totalement confiance et à l'époque où, par maladresse ou par ignorance beaucoup plus que par malveillance de la part de nos parents ou de ceux qui en tenaient lieu, nous nous sommes sentis trahis. Crainte donc de nous livrer et crainte de devoir le regretter. Crainte de nous ouvrir et crainte de nous en repentir. Crainte de nous montrer tels que nous sommes, c'est-à-dire humains, c'est-à-dire faibles parfois, et que l'autre en profite. Crainte d'être abandonnés et de perdre. Et comme nous avons bien du mal à le concevoir, nous utilisons tout ce qui est socialement acceptable et accepté pour nous justifier. Pas le temps, trop fatigué, trop de boulot, et ainsi de suite, ce qui, en définitive, nous permet de nous protéger d'une proximité tout à la fois recherchée et redoutée. Et comme nous avons tout de même envie d'être proches, nous jouons. Et nous jouons encore. Remarquez comme les jeux qui provoquent de la colère, de l'agacement, de la tristesse, nous permettent de nous éloigner et, finalement, au moins pour un temps et jusqu'à la prochaine fois, de nous rapprocher. Un peu. Mais pas trop.

ET SI ON JOUAIT POURTANT

Imaginez ce que serait votre vie s'il n'y avait plus de jeux. Plus de jeux psychologiques, s'entend. Imaginez que plus personne ne vous fasse de reproches, ni votre conjoint, ni vos amis, ni vos parents, ni vos enfants. Imaginez que plus personne ne vous persécute. Que vous n'ayez plus à vous plaindre de quoi que ce soit qu'on vous a fait. Imaginez. Ne serait-ce pas le paradis ? Une vie de rêve, non ?

Et puisque vous le rêvez pour vous, sans trop y croire (avouez !), il y a de fortes chances pour que l'autre - vos parents, vos enfants, votre conjoint, vos amis - fasse le même rêve. Pourquoi, dans ces conditions, ne pas permettre à votre rêve de se réaliser, puisque c'est vous qui lisez ce livre ? Pourquoi pas ? Par exemple, en ne faisant plus de reproches à l'autre, en ne l'accablant plus de vos remontrances, en ne vous plaignant plus de rien. Pourquoi ne pas lui faire ce cadeau ? D'autant que c'est à vous que vous le ferez en même temps, pour cette raison évidente que si vous ne jouez plus avec l'autre des jeux malsains, il ne pourra plus, lui-même, jouer avec vous.

Pourquoi donc ne pas renoncer à voir en nos protagonistes habituels les personnages dont ils jouent le rôle ? Pourquoi ne pas nous demander ce qui leur fait si mal qu'ils tentent de l'apaiser en nous lançant des piques ? Pourquoi ne pas nous demander ce qui nous fait si mal que nous tentons de l'apaiser en les provoquant ? Et pourquoi, au bout du compte, ne pas faire l'expérience d'une communication avec eux, non plus de « moi » à « moi » mais de cœur à cœur ? « Aimer, c'est voir un autre être avec les yeux de l'âme, dans une clarté rayonnante[35]. »

Mots d'enfants

Alexandre, sept ans, dans la cour de récréation :

— Tu n'es plus mon copain !

Mathis, six ans et demi :

— Toi, tu es toujours le mien !

Certes, il faudra remplir le vide autrement, car tous les jeux qu'on joue permettent de le combler. Stupidement, sans doute, mais c'est du stupide qui remplit, qui occupe, qui, disions-nous, passe le temps. Il faut donc ne pas avoir peur du vide quand on veut ne plus jouer. Mais, pas d'inquiétude, l'amour y pourvoira. L'amour de soi, car arrêter de jouer, c'est commencer à s'aimer. L'amour de l'autre, car arrêter de jouer, c'est l'aimer vraiment.

La fin des jeux, c'est le commencement de l'amour.

La fin des jeux, c'est le commencement de l'amour. Et quand on arrête de jouer, c'est alors qu'on est disponible pour jouer ensemble et cette fois dans le sens de s'amuser, jouer vraiment donc, jouer comme des enfants qui éclatent de rire dans les vagues, jouer comme des enfants qui crient leur joie dans des montagnes russes, jouer comme des enfants qui glissent sur une luge, jouer, jouer et encore jouer, chanter, danser, faire l'amour et encore faire l'amour. En un mot, jouir. Jouir de la vie dans toute sa splendeur.

C'est en ne jouant plus qu'on donne raison à Aristote lorsqu'il disait : « Aimer, c'est se réjouir ! » C'est en ne jouant plus qu'on expérimente joyeusement une autre façon d'aimer. Celle qui n'a point besoin de promesses.

Arrêter les jeux, c'est :

voir l'autre avec les yeux de l'âme, tel qu'il est,
et non pas tel qu'il apparaît en représentation ;

communiquer non plus de « moi, je » à « moi, je »,
mais de cœur à cœur ;

enfin jouir de la vie et se réjouir.

CHAPITRE 10
Intenables promesses

« Qui promet à l'autre de l'aimer toujours [...] ou de lui être toujours fidèle promet quelque chose qui n'est pas en son pouvoir », écrivait Nietzsche. Et pourtant que de promesses nous sommes-nous faites depuis l'école primaire de demeurer inséparables en jurant des « à la vie, à la mort » ? Que d'amours avons-nous vécues à dix-sept ans qui ne pouvaient toutes qu'être éternelles ? Que de rêves avons-nous caressés où amour rimait avec toujours ? Que d'engagements « jusqu'à ce que la mort les sépare » nous a-t-il été donné d'entendre à la télévision et au cinéma ? Et de combien de mariages avons-nous été, nous-mêmes, les témoins sur lesquels flottait un délicieux parfum d'éternité ?

PROMESSES INCONSISTANTES

Est-ce à dire qu'on se moque pas mal, quand on est amoureux, de ce que Nietzsche dit de l'inconsistance des promesses ? Qu'on dédaigne ce que Gide considérait en écrivant : « La promesse de la chenille n'engage pas le papillon » ? Qu'on n'a que faire de la vision de l'avenir selon Daniel Pennac pour qui celui-ci est « la trahison des promesses » ? Qu'on est indifférent à l'avertissement de Jankélévitch qui, s'agissant d'aimer pour toujours, dénonçait un « serment d'ivrogne ! ». Et que lorsqu'on entend Prospero déclamer, dans *La Tempête* de Shakespeare, que, dans le brasier des sens, « [l]es serments les plus forts ne sont que de la paille », on se bouche les oreilles ?

À observer le phénomène apparu ces dernières années sur les ponts des grandes villes, il faut croire que les promesses d'amour éternel ont, plus que jamais, le vent en poupe. De Moscou à Florence, d'Odessa à Rome, de Séoul à Paris, en effet, les amoureux attachent des cadenas d'amour au parapet des ponts. Ils verrouillent la serrure et, d'un geste commun, ils jettent ensemble la clé dans le fleuve.

Autour de la Moskowa, le phénomène a pris une telle ampleur que des arbres métalliques ont été installés à proximité du pont Luzhkov déjà surchargé de cadenas.

À Paris, les amoureux ont choisi, pour ce nouveau rituel, la passerelle qui relie le musée d'Orsay aux jardins des Tuileries. Il est vrai que s'ils avaient opté pour le pont Mirabeau, ils auraient pu voir leurs plans contrariés en se rappelant ces vers d'Apollinaire : « L'amour s'en va comme cette eau courante/L'amour s'en va [...] Ni temps passé/Ni les amours reviennent/Sous le pont Mirabeau coule la Seine. »

Ce qu'ils ont dit sur la tentation et l'interdit

Un sens interdit, en somme, ce n'est qu'un sens autorisé, mais pris à l'envers.

Pierre Dac

Le seul moyen de se délivrer d'une tentation, c'est d'y céder. Résistez et votre âme se rend malade à force de languir ce qu'elle s'interdit.

Oscar Wilde

On se promet donc fidélité pour se protéger, par avance, de toutes tentations ultérieures et, du coup, on en profite pour renforcer la relation, pour la cimenter, pour la sceller de façon prétendument indélébile. Et ce faisant, on pose des interdits qui n'ont pas d'autre vocation que d'être transgressés.

Aussi peut-on énoncer sans trop grand risque d'erreur que toute promesse de fidélité augure de son contraire.

L'INHABILETÉ À S'AIMER AU PRÉSENT

Qui tente de traduire en mots et même en gestes (comme celui qui consiste à se prêter au rituel des cadenas) l'intensité des sentiments éprouvés pour l'autre est tenté d'en rajouter. Il fait alors des serments non point tant pour les tenir (c'est secondaire), mais pour démontrer plus encore (c'est prioritaire) son amour à l'instant où il les fait. Voyez comme c'est curieux !

C'est comme si, en donnant pour nourriture à notre amour nos rêves et nos projets, nous cherchions à pallier notre incapacité à le vivre intensément. C'est comme si, tel celui qui baisse les yeux face au regard de l'autre, comme par peur d'être découvert, nous cherchions à fuir la confrontation du présent pour nous projeter dans un avenir nous dispensant d'y être.

> *Toute promesse d'aimer toujours est aveu d'inhabileté à aimer au présent.*

Car, il faut bien le dire, toute promesse d'aimer toujours est aveu d'inhabileté à aimer au présent. Comment en serait-il autrement pour qui a été élevé à coups de menaces d'être privé d'amour et qui, pour se protéger de ce risque effroyable, n'avait guère d'autre ressource que de se réfugier dans un futur prometteur aux allures de « quand je serai grand, vous verrez... » ?

Mais, dès lors que nous sommes devenus grands, les plans bâtis sur la comète nommée « futur » ne peuvent résister très longtemps aux assauts répétés de la réalité.

UN PANSEMENT SUR L'INSÉCURITÉ INTÉRIEURE

En se jurant de s'aimer toujours, on veut bien sûr se mettre à l'abri. Je n'aimerai que toi et tu n'aimeras que moi, quoi de plus rassurant ? Mais cela, en vérité, ne traduit-il pas une insécurité intérieure beaucoup plus profonde que celle résultant du risque d'être trahi, abandonné, trompé ? Et n'est-ce pas de cette insécurité-là qu'on veut surtout se protéger ?

N'est-il pas vrai que si nous nous sentions en sécurité, nous dirions à l'autre quelque chose comme ceci : « Mon but, dans la vie, c'est de grandir en amour et de m'épanouir. Si c'est avec toi, j'en serai le (la) plus heureux(se), mais si c'est sans toi, certes j'en serai désolé(e), mais je n'en continuerai pas moins de poursuivre inlassablement cet objectif ! »

Mais nous sommes rarement aussi déterminés, rarement aussi autonomes et, en nous engageant dans une relation amoureuse, avouons-le, nous faisons dépendre de l'autre tout notre bonheur. C'est à cela que rime le fait de se promettre d'être fidèles l'un à l'autre, car cet engagement sous-entend évidemment que si notre partenaire n'est pas fidèle, alors nous serons profondément malheureux.

De fait, notre exigence de fidélité n'est-elle pas le substitut d'une autre exigence de fidélité que nous ne voulons pas voir ? Et, tout bien considéré, la question centrale de la fidélité n'est-elle pas en rapport, encore une fois, non pas tant avec l'autre, mais avec nous-mêmes ?

IL N'EST DE FIDÉLITÉ QU'ENVERS SOI

Suis-je fidèle, en effet, à qui je suis ? Suis-je fidèle à celui, à celle que je voulais être ? À la plus belle idée que j'avais de moi ? À mes ambitions ? À mes rêves les plus beaux, à mes rêves les plus fous ? À ce que j'ai toujours voulu que soit ma vie ? Aux promesses de mon enfance ? À la vision que j'aurais voulu, que je voudrais tant, que les autres aient de moi ?

En déviant la problématique de la fidélité sur « tu me trompes, je te trompe, tu me trahis, je te trahis », ne nous voilons-nous pas la face devant la seule véritable question qui vaut d'être posée en matière de fidélité : « Suis-je fidèle à moi-même ? »

C'est que « seul celui qui se transforme est fidèle à lui-même[36] », écrit Richard David Precht. Et qui donc veut se transformer ? Et combien d'entre nous, au contraire, au lieu d'accepter le changement, en ont terriblement peur ? Peur au point de vouloir s'engager pour toujours ? Peur au point de vouloir que l'autre s'engage pour toujours ? Peur au point de vouloir tout figer ? Peur au point de concevoir d'apposer un cadenas sur son amour avec l'autre ? Et peur, disons-le, de ne pas être tout à fait sûr de faire, demain, le choix de l'autre (sinon pourquoi s'y engager ?). Et peur, disons-le aussi, de ne pas être absolument sûr de soi, pour que l'autre nous re-choisisse demain (sinon pourquoi le lui faire promettre ?).

Mais gageons que celui qui est fidèle à lui-même n'a point à s'égarer dans de vaines craintes d'infidélité. Parce qu'il n'est d'infidélité qu'à soi-même, il est vain, bien entendu, de chercher à nous mettre en sécurité ailleurs que là où nous le serions vraiment.

Il n'est d'infidélité qu'à soi-même.

Mais faut-il alors renoncer à la promesse de s'aimer toujours ?

QUAND MÊME S'AIMER TOUJOURS

S'aimer toujours. Mais pas jusqu'à un éventuel parjure qui fera justement qu'on ne s'aimera plus, qu'on se détestera, qu'on se haïra, qu'on se déchirera. S'aimer toujours quoi qu'il arrive.

Quoi qu'il arrive. Pourtant, ce n'est pas comme cela que la plupart d'entre nous ont été aimés. Pas du tout même. Il a fallu, disions-nous, mériter l'amour qu'on nous donnait. Comment, dès lors, se sentir en sécurité avec l'autre, quand nous avons, gravée au plus profond de nous, l'idée que nous risquons encore et toujours de ne plus être aimés ? Et comment l'autre, qui a sans doute reçu semblable éducation, pourrait-il être en sécurité avec nous qui sommes prêts à ne l'aimer que comme il a été aimé, soit à l'aimer « à condition que » ou « sauf si » ? Comment nous sentir, l'un et l'autre, en totale sécurité dans la relation, alors que nous ne sommes programmés que pour revivre la même chose que lorsque nous étions enfants et que nous avons revécue mille fois depuis, c'est-à-dire ne plus aimer à la première occasion venue. « J't'aime plus », disent les gamins dans leurs jeux. « T'as cassé le bras de ma poupée, t'es plus ma copine ! » « Tu m'as fait mal, t'es plus mon copain ! » C'est drôle, n'est-ce pas ? À moins que ça ne le soit pas, parce qu'à notre échelle, nous faisons exactement la même chose. « Tu m'as trompé, casse-toi ! » « Tu m'as trahie, c'est fini entre nous, je ne veux plus te voir ! »

Ce n'est donc pas à aimer quoi qu'il arrive qu'on nous a appris et c'est encore moins ce qu'on nous a montré. Mais c'est le « quoi qu'il arrive » qui peut nous sauver.

« Je te promets de t'aimer quoi qu'il arrive », n'est-ce pas ce que nous aurions aimé, nous-mêmes, entendre depuis toujours ? Et, tiens, imaginez un instant que votre mère, votre père ou la personne qui vous a élevé vous ait assuré de son amour quoi qu'il arrive. Imaginez qu'au lieu de vous faire croire qu'on allait vous échanger avec un autre, on vous ait, au contraire, démontré qu'on serait toujours là pour vous, qu'on ne vous abandonnerait jamais, que, même loin l'un de l'autre, vous seriez toujours en lien par le cœur, que même si vous deviez vous égarer, on vous aimerait encore, que même si vous deviez mal tourner, on vous aimerait toujours. Imaginez alors comment vous auriez abordé la vie autrement, plus confiant en vous. Et si cela est trop loin pour vous, imaginez qu'ici et maintenant les personnes qui comptent pour vous se prennent à vous aimer quoi que vous fassiez, même le pire ? Imaginez que même si vous vous êtes montré ingrat, indigne, indélicat, voire pire, ces personnes, contre toute attente, vous aiment encore. Imaginez qu'alors que vous vous êtes comporté envers elles justement comme si vous aviez voulu qu'elles ne vous aiment plus, loin de vous rejeter, elles vous ouvrent leurs bras, vous accueillent, vous chérissent. Imaginez. N'avez-vous pas alors la douce sensation de ressentir enfin ce que l'amour est vraiment ?

D'AIMER « SI » À AIMER « MÊME SI »

Aimer quoi qu'il arrive ! Impossible, diront certains, qui n'auront pas fait cette expérience. Et le fait est qu'entre deux impossibles, celui d'aimer toujours et celui d'aimer quoi qu'il arrive, nous choisissons le plus séducteur et celui qui nous engage mais, au fond, si peu.

Lorsque nous nous engageons à aimer toujours, avec sincérité il est vrai car, à ce moment-là, c'est ce que nous voudrions, une partie de nous sait, au plus profond de nous-mêmes, que cet engagement ne sera probablement pas tenu. Mais nous le prenons quand même, parce que c'est beau d'aimer toujours, parce que, nous l'avons dit, cela donne de l'amplitude à l'émotion présente et parce que, tout compte fait, en nous mentant et en mentant à l'autre, un peu, beaucoup, passionnément, en sachant que notre promesse est impossible à tenir, pour cette raison que, ce que nous sommes aujourd'hui, nous ne le serons pas demain et encore moins dans dix ans, dans vingt ans, dans trente ans, ni l'autre non plus d'ailleurs, nous nous disons que ce n'est pas grave, qu'ici et maintenant, ça fait tellement plaisir de se le dire, que, de toute façon, c'est la vie et qu'« on verra ». Nous ne sommes pas gênés alors de faire preuve d'une certaine lâcheté, mais c'est ce qui est à notre portée, c'est ce qui s'inscrit le plus facilement dans la façon d'aimer que nous avons apprise. C'est ainsi que nous procédons.

Autre chose est d'aimer quoi qu'il arrive. Là, il ne s'agit plus de raconter des histoires, ni à l'autre ni à soi. Il s'agit, en un mot, d'aimer vraiment. Pas de mesurer notre amour d'aujourd'hui à l'aune de ce qu'il sera demain. Non, le mesurer – si tant est, alors, que ce soit nécessaire – à l'aune de ce qu'il est aujourd'hui. Et le vivre. Car, ne nous leurrons guère, si c'est l'amour que nous poursuivons, si c'est le vrai, le grand amour auquel nous aspirons, alors nous devons être capables non point de l'impossible qui consiste à promettre d'aimer toujours, mais de cet autre impossible – que le défi de l'amour est justement de rendre possible –, cet autre impossible, donc, qui consiste non plus même à promettre d'aimer quoi qu'il arrive, mais à aimer quoi qu'il arrive.

On n'aime vraiment que si l'on peut aimer encore quand rien ne va plus dans la relation.

Parce qu'on n'aime vraiment que si l'on peut aimer encore quand rien ne va plus dans la relation. On aime vraiment quand on aime encore à l'heure de se quitter et si l'on n'est pas capable d'aimer encore au moment de se séparer, c'est tout simplement, *a contrario*, qu'on n'aimait pas vraiment, qu'on a menti, qu'on s'est menti à soi-même, qu'on a joué à s'aimer, mais que ce n'était pas de l'amour.

Pas de l'amour pur, pas de l'amour dont parle Olivia Gazalé lorsque, avant de souligner que « si l'on aime de toute sa personne, de tout son être, c'est pour toujours[37] », elle dit que c'est comme « un génie qui prend possession de notre âme pour la convertir au Bien, au Bon, au Vrai, au Juste[38] ».

VOUS AVEZ DIT « MÊME SI » ?

Avec notre façon de penser à l'envers qui découle de notre éducation fondée sur l'amour « si », nous sommes enclins à considérer que s'il nous prenait la fantaisie d'aimer nos enfants même s'ils devaient faire les pires sottises, ce serait leur donner la permission de les faire. Et de la même façon, nous sommes enclins à estimer que si nous disons à notre partenaire que nous l'aimerons même s'il (si elle) devait se comporter de façon indigne, ce serait le lui en donner la permission. Mais, à la vérité, c'est tout le contraire qui a les plus grandes chances de se produire. Lorsque vous dites à votre bien-aimé(e) que vous l'aimerez « même si », vous vous donnez toutes les chances, faute d'interdits, qu'il (elle) ne soit pas tenté(e) de les braver, mais surtout vous placez la barre de votre amour si haut que l'autre sera porté à la mettre au même niveau et cela exclut, et à tout le moins réduit, le risque de dérapage.

Naturellement, il en va de même à l'égard d'un enfant, et pour les mêmes raisons.

Vous n'en êtes pas convaincu ? Cela se comprend. Mais, au fait, êtes-vous capable de vous aimer encore lorsque vous dérapez ? Lorsque vous vous fourvoyez ? Lorsque vous faites une grosse gaffe ? Lorsque vous ratez le coche ? Est-ce que vous vous dites : « Nul ! Nul ! Mais qu'est-ce que j'suis nul ! » ? Est-ce qu'alors vous êtes bienveillant envers vous ? Est-ce que vous vous acceptez parce que vous ne pouvez pas faire autrement ou est-ce que vous vous accueillez totalement, y compris avec vos maladresses, vos faiblesses, vos défaillances ? Est-ce que vous vous tapez le poing contre la poitrine en jurant que c'est votre faute, ou est-ce que vous bercez votre cœur de tendresse et d'amour pour réconforter sa peine ?

Et si donc vous n'êtes pas habile à vous aimer « même si » (même si vous êtes nul, même si vous êtes sot, même si vous ratez tout), comment donc le seriez-vous à aimer l'autre « même si » ? Le seul moyen d'y parvenir n'est-il pas de s'aimer soi ainsi ? Car c'est en s'aimant soi « même si » qu'on aimera l'autre « même si ». Et ce sera une autre façon d'aimer.

Là est le défi qui nous vaut notre humanité. Et dès que nous l'aurons compris, c'est-à-dire maintenant, car l'amour, écrivions-nous, n'attend pas, nous pourrons jouir et nous réjouir, comme aurait dit Spinoza. Aimer « même si », quel bonheur ! « Oui, t'aimer, mon amour, même si l'on en venait, un jour, à moins bien s'entendre, t'aimer même si nos chemins devaient se séparer, t'aimer même si ton bonheur devait être ailleurs, sous d'autres cieux, dans d'autres voies, dans d'autres bras. Et t'aimer même quand il faudrait faire les comptes, même quand il faudrait décider comment s'arranger pour les enfants, et pour la maison, et pour la voiture et pour le chien. Parce que, vois-tu, si je peux t'aimer encore à ce moment-là et si, toi-même, tu peux m'aimer encore, alors c'est que ce que nous ressentons l'un pour l'autre, c'est vraiment de l'amour. »

Cesser les intenables promesses, c'est :

se dire que toute promesse de fidélité
n'est que le présage de son contraire ;

prendre conscience qu'il n'y a d'infidélité
qu'envers soi-même ;

réaliser qu'il n'y a d'amour vrai que celui
qui perdure quoi qu'il arrive.

CHAPITRE 11
Passion, pas si on aime vraiment

Qu'est-ce donc qui nous fait nous engouffrer dans une relation (que ce soit avec une femme, un homme, un violon, un livre, un sport) qui, tout en nous donnant du plaisir, est cause d'infinies souffrances ? Qu'est-ce donc qui nous pousse à vivre une aventure qui tourne immanquablement à la mésaventure ? Qu'est-ce qui nous rend capables d'écrire, comme cette religieuse tombée amoureuse d'un jeune officier : « Je vous remercie dans le fond de mon cœur du désespoir que vous me causez[39] » ?

• • • • • • • • • • • • • • • • • •

À LA PREMIÈRE PERSONNE

Pendant tout le temps que ça a duré, je n'avais qu'une idée en tête, la retrouver. Je ne pensais qu'à cela. Rien d'autre ne m'intéressait. Rien. La nuit, le jour, elle était mon obsession. Au petit matin, souvent bien avant l'aube, je n'avais envie que d'être avec elle. Dans la journée, je profitais de la moindre petite heure que j'arrivais à libérer pour me précipiter vers elle. Le soir, elle pouvait me faire totalement oublier le manque de sommeil et la fatigue et me tenir encore longtemps réveillé. Je ne vivais que par elle, je ne vivais que pour elle… l'écriture.

À cause d'elle, j'étais devenu un individu farouchement insociable et totalement renfermé sur moi-même. Être appelé pour passer à table m'irritait, devoir accompagner ma femme au marché me contrariait, consacrer un quart d'heure aux quelques tâches ménagères qui m'étaient habituellement dévolues et que j'avais toujours accomplies avec plaisir ne me réjouissait pas du tout, aller à des dîners me donnait le sentiment de perdre un temps précieux, recevoir à la maison ne m'enchantait vraiment pas. Je ne voulais rien d'autre que d'être en tête à tête avec mon manuscrit.

Comme toute passion, celle que j'ai vécue alors m'a procuré du bonheur, celui d'être publié, celui d'être lu et celui d'avoir le sentiment d'apporter un petit quelque chose à mes semblables. Mais, comme toute passion, celle-ci a été terriblement destructrice et j'ai mis bien longtemps à me remettre du déséquilibre que j'avais créé.

J'en ai tellement souffert que j'ai juré, un peu tard, comme le corbeau de La Fontaine, qu'on ne m'y reprendrait plus.

LE BONHEUR DE SOUFFRIR

La pensée dominante, celle qu'à peu près tout le monde partage, est évidemment que nul ne recherche la souffrance. Comme l'enfer, le masochiste, c'est toujours l'autre. Il n'empêche que la passion fait partie de nous et que la passion engendre la souffrance. Alors ?

Alors, de même qu'un drogué est souvent imperméable aux discours de raison qui lui sont tenus, de même qu'un fumeur invétéré ne veut pas entendre les avertissements qui lui sont donnés, de même « le propre des hommes passionnés, disait Alain, est de ne pas croire un seul mot de ce que l'on écrit sur les passions ». Celles-ci sont « sourdes et muettes de naissance », ajoutait Balzac.

L'homme est capable de rechercher l'intensité de la jouissance quel qu'en soit le prix à payer, jusqu'à parfois de terribles souffrances, si ce n'est jusqu'à la mort elle-même.

Il faut en déduire, à notre corps et à notre esprit défendant, que l'homme est capable de rechercher l'intensité de la jouissance quel qu'en soit le prix à payer, jusqu'à parfois de terribles souffrances, si ce n'est jusqu'à la mort elle-même. Il est donc, souvent, le créateur de ses propres souffrances. Et la question qui vient immédiatement après cet axiome est bien entendu celle-ci : « Pourquoi ? »

Et, si c'était, osons le dire, parce que ces souffrances-là, celles qui sont associées à ses passions, participaient, elles-mêmes, de sa jouissance et donc de son bonheur ? Même si le fumeur se défend de se vouloir du mal et s'il joue socialement et invariablement à « de toute façon, il faut bien mourir de quelque chose ! », il est certain qu'il prend un plaisir inouï à jouer avec le feu (qu'il ne cesse d'allumer, d'ailleurs), un plaisir inouï à défier les pneumologues les plus avertis, et l'OMS avec eux, dans leurs démonstrations incontournables, un plaisir inouï à jouir du danger, si bien qu'il n'est, en effet, pas exclu que cette attitude et ses conséquences ajoutent à son excitation.

Sans doute en va-t-il de même pour tous les passionnés qui, quelque part, savent que « ce n'est pas raisonnable » de se lancer dans telle aventure, comme les en avertissent leurs confidents les plus proches, mais qui y vont quand même, prêts, eux aussi, à tous les dangers. Ainsi en est-il de cette personne qui, vivant avec un autre que son conjoint une passion dévorante, en arrive à vouloir que le monde entier sache qu'elle aime, se disant que tant pis si elle est découverte, tant pis encore pour son couple et tant pis pour sa famille et tant pis pour tout le reste ! D'une certaine façon, le drame qui se joue, dans ce genre de situations, et la souffrance qui s'ensuivra inéluctablement font partie intégrante de l'aventure !

Et la question qui revient encore et toujours est : « Pourquoi ? » Qu'est-ce qui pousse les hommes à rechercher les larmes, à rechercher la souffrance quand ils les savent évitables ?

A contrario, dans la mesure où nous avons toujours connu la souffrance, plus ou moins aiguë, plus ou moins intense, plus ou moins dramatique, nous qui avons versé tellement de larmes, demandons-nous un instant ce que serait notre vie sans elle. Un paradis, bien sûr, cela va de soi. Et ce serait parfait, évidemment. Mais y sommes-nous seulement prêts ?

Considérons, pour répondre à cette question, notre engouement pour les nouvelles du jour, notre empressement à allumer la radio ou la télévision le matin et notre manie de les remettre le soir pour connaître la suite de l'histoire laissée en suspens à la précédente édition. Ne sommes-nous pas tenus en haleine, nous qui vivons les malheurs du monde en direct, par la disparition d'une fillette, la prise en otage d'un bijoutier, l'enquête qui piétine pour retrouver l'assassin d'une vieille dame, le naufrage d'une embarcation surchargée d'immigrés, les suites de la petite phrase prononcée la veille par un ministre, le sort de l'entraîneur d'une grande équipe de foot ou de hockey après ses derniers résultats désastreux ? N'avons-nous pas toujours envie de savoir ce qui s'est passé, comment les choses ont évolué ? De la même façon qu'au milieu d'un bon film, le scénariste a réussi à nous accrocher au point que nous sommes là à nous demander comment l'intrigue va se dénouer, les malheurs du monde captivent notre attention et nous sommes toujours friands des dénouements. Et comme les évènements se succèdent inévitablement, nous n'en avons jamais fini. Aussi, la question se pose de savoir ce que nous ferions s'il n'y avait pas de malheurs que les médias puissent rapporter.

Pour la plupart des hommes, mieux vaut la souffrance que le vide qui ressemble à la mort. La souffrance donne trop le sentiment d'exister pour que nous y renoncions facilement.

Quel intérêt aurait un journal télévisé qui ne laisserait jamais aucun problème en suspens ? Aucun assurément, nous sommes d'accord. D'où il résulte que la souffrance, celle des autres, mais aussi la nôtre, comble le vide que causerait l'ennui. Et pour la plupart des hommes, mieux vaut souffrir que d'être confronté au vide. Mieux vaut la souffrance que le vide qui ressemble à la mort. La souffrance donne trop le sentiment d'exister pour que nous y renoncions facilement. Nous la connaissons depuis si longtemps, elle nous a tellement accompagnés sur notre chemin depuis notre naissance, si ce n'est même depuis que nous étions dans le ventre de notre mère, que nous aurions, quoique nous soutenions le contraire, quelque mal à nous en passer. À en croire du moins les pièges dans lesquels nous tombons en nous laissant entraîner dans des histoires qui nous causent du tourment et nous font, tout compte fait, et trop souvent, beaucoup plus de mal que de bien.

FATALE SOUFFRANCE

On pourrait penser, alors, que la souffrance est fatale. On se trompe probablement. La souffrance est inscrite dans nos mémoires, puisqu'elle a été endurée par les générations qui nous ont précédés et cela depuis les origines du monde. Elle est dans notre culture et sert d'ingrédient essentiel aux romanciers, scénaristes et autres dramaturges. Elle est dans nos religions qui nous prédisent, de façon inéluctable, un enfantement dans la douleur en guise d'éternelle punition pour avoir osé vouloir goûter au fruit de l'arbre de la connaissance, précisément, du bien et... du mal ! Comment, alors, dans ces conditions, de façon inconsciente, ne la vivrions-nous pas comme étant inévitable ?

Mais regardons, un instant, dans notre rétroviseur, toutes les souffrances que nous aurions pu nous épargner. Pas toutes, sans doute, mais au moins certaines. Celles-là, particulièrement, qui ont été la conséquence de nos addictions et de nos passions. N'aurions-nous pas pu nous dispenser de bien des tourments, de bien des soucis que nous nous sommes faits et qui, au bout du compte, n'ont servi à rien ? N'aurions-nous pas pu éviter de nous ruiner la santé en donnant, pendant des années, du poison à nos organes ? N'aurions-nous pas pu nous économiser bien des larmes en faisant preuve de discernement avant de nous engager dans une folle histoire ? À bien considérer cela, n'aurions-nous pas pu, nous-mêmes, nous dispenser de bien des épreuves que nous nous sommes infligées ? Et, *a fortiori*, pouvons-nous nous dispenser de celles à venir ? Pouvons-nous faire l'expérience de ne plus en baver ? De cesser de nous mettre dans des situations impossibles ? D'ôter nos doigts de l'engrenage ?

La souffrance, en ce qu'inconsciemment on la recherche, est cause de nos passions, qui en retour sont cause de ce qu'on souffre.

La souffrance, donc, en ce qu'inconsciemment on la recherche, est cause de nos passions, qui en retour sont cause de ce qu'on souffre.

Mais la passion naît aussi du manque qui, d'ailleurs, est souffrance. Après donc qu'il y eut le manque d'argent, le manque de temps, voire le manque d'amour, voilà que, l'amour (ou ce qui en tient lieu) étant là, c'est l'autre qui vient à manquer ou qui pourrait venir à manquer. Denis de Rougemont l'a bien compris qui, dans *L'Amour et l'Occident*, relève, s'agissant de Tristan et d'Iseut, qu'ils « ont besoin [...] pour brûler, non de la présence de l'autre, mais de son absence » et Proust avec lui qui avouait comparer « la médiocrité des plaisirs que [lui] donnait Albertine à la richesse des désirs qu'elle [le] privait de réaliser[40] » et qui confessait aussi que, bien souvent, pour qu'ils découvrent, elle et lui, qu'ils étaient amoureux, sinon même pour qu'ils le deviennent, il fallait « qu'arrive le jour de la séparation[41] ».

Ce qu'ils ont dit sur la passion

L'épée use le fourreau, dit-on quelquefois. Voilà mon histoire. Mes passions m'ont fait vivre, et mes passions m'ont tué.

Jean-Jacques Rousseau

La passion est une fièvre de l'esprit qui nous laisse toujours affaiblis.
William Penn

Un peu de passion augmente l'esprit, beaucoup l'éteint.
Stendhal

La guerre sainte la plus méritoire est celle qu'on fait à ses passions.
Proverbe arabe

Les passions sont aussi mauvais instruments que mauvais guides.
Sénèque

LE MANQUE ET SES DESSOUS

C'est donc le manque qui nous tient et c'est son intensité que nous savons si bien cultiver qui fait monter l'amour si haut, trop haut, jusqu'à rendre la chute inévitable.

C'est ce manque donc qui cause notre détresse et parfois notre perte. « Seigneur, vous plaît-il d'entendre une histoire d'amour et de mort ? » interroge le narrateur au début du *Roman de Tristan et Iseut*, effrayante question qui révèle assez jusqu'à quelle extrémité le manque de l'autre peut conduire. Mais, au fait, est-il vraiment manque de l'autre ?

On peut bien se le demander, effectivement, si l'on observe que les êtres humains que nous sommes sont toujours à manquer de quelque chose. N'avez-vous pas remarqué ? Quand ce n'est pas d'amour, c'est d'argent, quand ce n'est pas d'argent, c'est de temps, quand ce n'est pas de temps, c'est de courage, etc. Et

Après qu'on ne manque plus de ce dont on manquait, on en vient à manquer d'autre chose.

n'est-il pas frappant, si l'on veut bien regarder les choses en face, qu'après qu'on ne manque plus de ce dont on manquait, on en vient à manquer d'autre chose ?

Par conséquent, le problème ne tient pas à ce dont on manque, mais au manque lui-même. Autrement dit, le manque est indépendant de son objet. Car ce dont on manque vraiment n'est pas forcément ce dont on croit manquer.

UN MANQUE EN CACHE UN AUTRE

Ce serait l'autre qui nous manque ? Iseut manque à Tristan, Juliette à Roméo et Roméo à Juliette, Albertine manque à Marcel presque autant que sa mère, et il n'y aurait « d'absence que de l'autre » selon Roland Barthes. Et si, pourtant, chacun d'eux s'était trompé ? Si nous nous trompions tous lorsque nous croyons, à l'instar de Lamartine, que l'absence de l'autre dépeuple tout ? Et si nous nous trompions lorsque nous pensons que c'est de l'autre que nous manquons ?

Quoi ? Serait-ce encore de soi qu'il s'agit ? Encore et toujours soi ? Et quoi de plus vraisemblable, en effet, puisqu'il n'y a définitivement que soi ? Quoi de plus plausible, puisqu'il faut qu'il y ait soi pour s'ouvrir à l'autre ? Quoi de plus probable, puisqu'il faut qu'il y ait soi pour « trouver sa joie dans la joie de l'autre[42] », puisqu'il faut qu'il y ait soi pour « vivre la grâce d'un grand amour partagé[43] », puisqu'il faut qu'il y ait soi pour participer aux « noces mystiques du ciel et de la terre, de la chair et de l'esprit[44] » ?

Alors, ne pourrait-on pas dire qu'au commencement du manque, il y aurait eu d'abord le manque de soi et que tout se serait passé ensuite comme si, un beau jour, très tôt dans notre vie, ce manque n'avait plus su, ou plus voulu savoir, ce qui lui manquait. Comme si, à ce moment-là, le savoir avait été insupportable pour lui. Comme s'il avait absolument fallu qu'il ignore sa vraie raison d'être. Comme si, donc, il avait été salvateur de rayer de la carte sa vraie cause. Et c'est ainsi probablement que, pour nous permettre de survivre en ce monde, le manque a refoulé son objet premier au plus profond de notre inconscient.

Cela fait, comme dans un conte pour enfants, le manque s'est retrouvé seul et, comme cela était impossible, puisque le manque manque forcément de quelque chose, il lui a fallu trouver des pis-aller comme autant de raisons d'exister. Et c'est alors que des compléments d'objet indirect de toutes sortes que nous avons nommés « temps », « argent », « amour », etc., ont accepté ce rôle.

Et nous sommes tombés dans le piège. Nous avons cru que c'était de ceci ou de cela que nous manquions et, souvent, nous le croyons encore. Nous croyons que nous manquons de temps, d'argent, d'amour et il ne nous est jamais venu à l'esprit de mettre en doute quoi que ce soit à cet égard ni de nous demander si cela ne cachait pas autre chose, si cela ne cachait pas le manque de nous-mêmes.

Manque de nous-mêmes pour cette raison que nous nous sommes perdus lorsque nous avons dû abandonner notre grandeur, notre splendeur. Nous nous sommes perdus lorsque nous avons dû nous réduire au niveau d'attentes et de projections extérieures. Et nous nous sommes perdus aussi, sans doute, lorsque nous avons été quelque peu forcés à rentrer dans le monde de la dualité, ce monde où le moi de l'un s'oppose au moi de l'autre, celui où nous jouons, sans cesse, à être séparés, celui de la compétition, du pour et du contre, de la droite et de la gauche, des bleus et des rouges, des riches et des pauvres, des exploitants et des exploités. Nous nous sommes perdus en montant sur un ring de boxe dans lequel nous prenons des coups, en donnons aussi et comptons les points ; un ring dans lequel nous finissons toujours, un jour ou l'autre, par nous retrouver à terre et par nous demander ce que nous sommes venus y faire. Nous nous sommes perdus quand il a fallu trouver notre place dans cette mascarade qui est tout le contraire de ce que nous connaissions avant, au temps jadis, comme disait Aristophane dans *Le Banquet* de Platon, où « notre nature n'était pas ce qu'elle est à présent », où « nous formions un tout complet », où « nous étions un ».

Au-delà de nous-mêmes, donc, c'est peut-être cela qui nous manque le plus, ce sentiment d'unité. De ne faire qu'un comme au temps d'avant que notre âme ne vienne prendre corps, comme au temps où, selon ce que certains en disent, elle n'était pas dissociée de l'âme du monde.

Mais comme nous sommes à des années-lumière d'avoir la plus petite idée de ces manques, manque de nous-mêmes, manque de ne faire qu'un, nous passons notre vie à donner à notre sentiment de manque d'autres os à ronger[45]. Et quoi de mieux que l'autre pour être un de ces os? Cet autre par lequel l'amour, comme Platon le faisait dire aussi à Aristophane, « recompose l'antique nature » pour « guérir la nature humaine » ? Quoi de mieux que cet autre qui permet à notre âme de réaliser son plus cher souhait, un souhait, écrit-il encore, « qu'elle ne saurait exprimer [...] et pourtant [qu'elle] devine » ? Quoi de mieux que cet autre qui incarne le souhait de notre âme, lequel est, disait aussi Platon, de « se fondre le plus possible dans l'autre pour former un même être » parce que, poursuivait-il, « [c]'est cela que nous souhaitons tous, nous transformer en un être unique. Personne ne le refuserait, car personne ne souhaite autre chose ».

Si donc, en l'autre, nous recherchons ce que nous avons perdu et qui nous tient tant à cœur, si donc nous recherchons, par le biais de l'autre, mais sans le soupçonner, à nous retrouver nous-mêmes, si donc ce que nous recherchons, c'est de nous fondre, encore, dans le tout, comment ne pas comprendre que ceux qui ont le plus souffert d'avoir été séparés d'eux-mêmes, d'avoir été séparés du grand tout, se laissent gagner par la passion?

Car nous souffrons tous, sans doute, secrètement, d'avoir été séparés - séparés de notre être véritable, séparés du tout - et la passion serait, alors, le syndrome de ceux, parmi nous, qui en seraient le plus affectés et qui cherchent donc, de façon souvent désespérée, à retrouver, dans et à travers la fusion ou sa quête, un paradis perdu.

RALLUMER LA FLAMME

La perspective de retrouver le paradis perdu, l'excitation à l'idée d'y être admis de nouveau, la terreur d'en être exclu encore une fois attisent le feu de la passion chez celui qui la connaît. Mais le fait même de cet embrasement signifie que la flamme lui préexiste et qu'elle attendait, dormante, une étincelle pour être ravivée. Or, si elle préexiste à son apparente cause, qu'a-t-elle besoin d'aller chercher ailleurs de quoi lui redonner vie ? Qu'a-t-elle besoin d'un ailleurs pour s'illuminer ?

« L'amour, disait Spinoza - c'est bien connu -, est une joie qu'accompagne l'idée d'une cause extérieure » ou plutôt, pour être plus proche du texte latin, « est une joie concomitante à l'idée d'une cause extérieure », de sorte qu'une personne extérieure à nous-mêmes, si elle permet à notre joie de s'épanouir, ne saurait être, pour autant, la cause de notre amour. La cause de notre amour n'est pas l'autre. La cause de notre amour, c'est nous en tant que nous sommes nous-mêmes lumière, nous sommes nous-mêmes joie, nous sommes nous-mêmes amour. Certes, cela n'empêche pas qu'une cause extérieure vienne s'en mêler, mais l'essentiel est bien que l'amour n'est pas que ce sentiment qu'il nous est donné de connaître avec l'autre, il est notre état d'être.

Là est la clé de tout, sans doute. La clé d'une autre façon d'aimer qui passe par la compréhension et l'intégration du fait qu'il n'y a d'amour que parce que nous sommes amour nous-mêmes.

C'est là que la passion nous mène. Elle nous enflamme, elle nous tourmente, elle nous désespère et, finalement, si on le veut bien, si tant est qu'on ne s'est pas détruit à travers elle, finalement, elle nous enseigne. Elle nous apprend qu'« [i]l faut être à soi-même sa propre lumière », comme le disait Krishnamurti qui ajoutait que « [c]ette lumière est la seule et unique loi : il n'en existe pas d'autre... » et qu'« [ê]tre à soi-même sa propre lumière : là est la vraie liberté ».

> *Il n'y a d'amour que parce que nous sommes amour nous-mêmes.*

Vivre passionnément, c'est :

prendre conscience que la souffrance qu'on
recherche inconsciemment est
cause de nos passions, qui en retour sont
cause de nos souffrances ;

réaliser qu'il n'y a jamais de manque que de soi ;

admettre enfin que l'amour est un état d'être ;
être amour soi-même.

CHAPITRE 12

Réenchanter l'amour

LE MAL QU'ON SE FAIT

Soyons tout à fait honnêtes: est-ce que nous nous traitons bien? Est-ce que nous nous libérons de ce que nous avons sur le cœur ou est-ce que, n'osant pas, nous gardons tout en nous pour que, sans crier gare, ça explose plus tard ou pour que ça nous rende malades? Est-ce que nous nous passons de nous juger et, tant qu'à faire, de nous condamner? Est-ce que nous nous abstenons de nous dévaloriser? Est-ce que nous évitons de nous en vouloir pour un oui ou pour un non? Est-ce que nous nous épargnons les soucis qui nous rongent le sang pour nous rendre compte ensuite que ça n'en valait pas tant la peine? Est-ce que nous faisons preuve de bienveillance envers nous-mêmes?

Et si c'était cela, s'aimer soi-même? Pas se regarder dans le miroir et se complaire à la vue de son image, évidemment. Non, mais seulement, et c'est déjà beaucoup, être gentil avec soi. Juste gentil.

Il est curieux de constater que ce sont souvent ceux qui n'aiment qu'eux-mêmes, encore qu'ils s'aiment bien mal, qui sont les premiers à protester à l'idée de s'aimer soi-même.

L'INTERDIT DE S'AIMER

En vérité, ceux qui contestent d'avoir à être eux-mêmes objet de leur amour, et nous en sommes peut-être, ne font que mettre en place un mécanisme de défense afin de ne pas ébranler leur propre construction psychique. L'interdiction de s'aimer est tellement inscrite au plus profond d'eux et tout leur fonctionnement tellement adapté à cet interdit que ce serait un bouleversement de l'envisager. Aussi haussent-ils les épaules quand il est question de s'aimer, allant jusqu'à appeler Pascal à leur secours pour lancer à la figure de ceux qui osent l'imaginer que « le moi est haïssable ». En réalité, le moi dont parlait l'auteur des *Pensées* correspond à ce qu'on appellerait aujourd'hui l'ego et ce n'est donc pas nous, ce n'est donc pas notre être, dans son entièreté. « La haine du moi, tel que l'entend Pascal, n'est pas haine de soi [...] elle n'est haine que de cette partie de soi qui ne sait pas aimer, ou qui ne sait aimer que ce soi, et mal[46]. » Mais cela importe peu à ceux qui refusent l'idée de s'aimer eux-mêmes. Ils ne retiennent que celle du moi haïssable qui les arrange bien.

Et c'est ce qu'on a dit, en effet, à beaucoup d'entre nous, sous cette forme ou une autre, pour nous signifier qu'il n'était pas convenable d'accorder de l'intérêt à notre petite personne. Et comment ces enfants de trois ou quatre ans que les caméras de surveillance peuvent filmer tous les jours dans les allées des supermarchés, ces enfants que le prix des poireaux, la date de péremption des yogourts ou la grosseur des crevettes, après une heure de déambulation entre les rayons, n'intéresse pas autant que leur maman et qui, à la longue, finissent par manifester quelque impatience, comment ces enfants, s'exprimant comme ils peuvent, pourront-ils s'aimer leur vie durant, lorsque celle-là même qui les a mis au monde leur signifie indélicatement et péremptoirement qu'ils sont capricieux, méchants, vilains ? Comment pourront-ils croire ensuite qu'ils sont « aimables » ? Comment même pourront-ils croire qu'ils sont respectables si leur propre mère choisit de les dénigrer ainsi ? Comment ?

Certes, on pourra toujours leur enseigner après coup, à tous ces enfants-là, qu'il est important de s'aimer soi pour aimer l'autre, mais le mal sera fait. On aura inscrit au plus profond d'eux la croyance qu'ils ne valent rien, qu'ils ne sont pas dignes d'amour et, finalement, ce qui les arrangera bien parce que ce sera en accord avec leur éducation dans son ensemble, que l'amour de soi n'est que pure sottise.

Ceux qui ont vu le film de Luc Besson, *Angel-A*, se souviennent sans doute de cette scène où le héros, incarné par Jamel Debbouze, se trouve totalement inintéressant et se révèle insensible aux compliments de sa partenaire (Rie Rasmussen) qu'il invite à arrêter de « se foutre » de sa gueule. Déterminée, celle-ci le fait se placer devant un miroir et lui demande ce qu'il voit. Alors que c'est évidemment son image que la glace lui renvoie, il répond qu'il voit une fille sublime, et quand elle lui demande ce qu'il voit d'autre, il faut qu'elle tienne bon pour qu'il découvre enfin « pas grand-chose », ce qui, lui dit-elle alors, est un progrès, parce qu'avant, il ne voyait « que de la merde ». Elle insiste tant et si bien pour qu'il se regarde lui-même dans les yeux qu'il finit par rencontrer un type plutôt gentil, déclare-t-il, plutôt doux et finalement tout plein d'amour. Elle lui demande alors s'il l'aime et il n'ose pas répondre qu'il est fou d'elle depuis le premier jour, prétendant qu'il ressent de l'affection, à moins que ce ne soit de l'amitié. Il faut qu'elle le mette au pied du mur pour qu'il lui avoue timidement qu'il l'aime, en effet, après avoir confessé combien c'est « di... difficile à dire ». « [...] parce que, répond-elle, personne ne te l'a jamais dit, n'est-ce pas ? C'est dur de s'aimer quand personne ne t'en renvoie l'image. »

Mais le mépris de soi n'est peut-être pas méprisable. Peut-être est-il comme une sorte de passage obligé pour parvenir à l'étape suivante consistant à s'aimer soi-même.

S'AIMER SOI, PUISQU'IL SE DOIT

Déjà Aristote disait : « L'homme vertueux a le devoir de s'aimer lui-même. » Mais est-ce un devoir ? D'autres ont, depuis longtemps, souligné combien l'amour ne pouvait pas participer d'un commandement et combien, tout au contraire, une obligation engendrant de la rébellion, comme un interdit appelle sa violation, c'est l'effet inverse à ce qui est recherché qu'elle produit immanquablement. « Je ne peux aimer parce que je le veux, disait Kant, encore moins parce que je le dois. Il s'ensuit qu'un devoir d'aimer est un non-sens. » Et dites, effectivement, à un enfant qu'il doit aimer son frère ou sa sœur et vous êtes à peu près sûr qu'il ne le fera pas, sauf si la pression est telle qu'il va s'adapter à cette injonction et faire semblant d'aimer jusqu'à ce que les circonstances révèlent la fausseté de cet amour obligé.

Car il n'est, disait encore Kant, « au pouvoir d'aucun être humain d'aimer quelqu'un simplement par ordre », de sorte que le commandement d'amour participe, en fait, de la morale, laquelle ne se justifie précisément qu'à défaut d'amour. Ainsi la morale nous enjoint-elle d'agir comme si nous aimions, et la religion ne fait pas mieux qui vient renforcer le commandement d'amour en le mettant sur le compte de Dieu. Le fait est que, mis en demeure d'aimer par la morale ou par Dieu, l'homme ne saurait aimer vraiment par devoir, et toutes les pages des livres d'histoire le démontrent abondamment.

DEVOIR OU PAS

Albert Camus, pourtant, tout homme révolté qu'il était, reconnaissait un devoir et c'est, disait-il, « celui d'aimer », considérant qu'à partir du moment où l'on aime, plus rien n'est un devoir et que, quand on se soumet à une seule obligation, celle d'aimer, plus rien n'est obligatoire. Dès lors donc qu'aimer libérerait de tout devoir, ne conviendrait-il pas de faire, au moins cet effort, même contre Kant ?

> **Le mot d'humour**
>
> S'aimer soi-même, c'est être assuré que l'on sera aimé toute la vie.
>
> Oscar Wilde

Mais un effort pour aimer tuerait forcément l'amour. Ce qui fait que Camus ne nous aide guère. On n'aime pas par devoir, c'est sûr. On aimerait alors pour être aimé ? Manifestation d'un égocentrisme majeur, ce ne serait pas mieux ! On aimerait parce que nos sens auraient été bouleversés, notre regard charmé, notre cœur conquis ? Ce serait séduction et on mérite mieux. Si donc on n'aime pas par devoir, si on n'aime pas pour être aimé, si on n'aime pas par concupiscence, quand donc aime-t-on ?

PUISQUE DIEU EST AMOUR

Si « Dieu est amour » comme le dit Jean dans son Évangile, et si nous sommes faits à sa ressemblance comme il est prétendu dans la Genèse en ses premiers versets, c'est donc que nous sommes, nous-mêmes, amour. Et c'est parce que nous sommes amour que nous aimons.

Nous sommes amour. Je suis amour. Puis-je l'admettre quand on m'a toujours dit le contraire ? Vous êtes amour. Pouvez-vous l'entendre quand on vous a si souvent dit que vous étiez mauvais ? Certainement pas, n'est-ce pas ? Mais s'il en est ainsi, que diable cherchons-nous à être aimés ? Et que n'avons-nous de cesse de rechercher des compliments et de la reconnaissance ? Et que nous morfondons-nous de ne pas trouver l'âme sœur ? Et que redoutons-nous, quand nous sommes aimés, la perspective de ne l'être plus ?

À vous maintenant...

Si vous faites partie de ceux qui doutent de ce que la nature de l'homme est amour, en pensant aux gamins qui se tapent dessus à la crèche ou au jardin d'enfants, commencez, peut-être, par déclarer que vous l'êtes vous-même. Alors qu'on vous a sans doute toujours ou souvent dit le contraire lorsque vous étiez petit, alors que vous êtes, peut-être, persuadé que vous n'êtes pas aimable ou que vous l'êtes mais pas trop, que vous ne valez rien ou pas grand-chose, faites l'expérience de rester un instant centré sur vous-même, éventuellement en fermant les yeux, et bercez-vous de ces mots tout simples qui vous changent de ce que vous avez l'habitude de vous dire : « Et si j'étais amour ? » Quoi que vous ayez à vous reprocher, et même si c'est difficile pour vous, même si vous pensez tout le contraire et même si cela vous paraît peu vraisemblable, voire enfantin, répétez-vous : « Oui, je suis amour. » Répétez-le jusqu'à ce que vous vous sentiez apaisé et, au besoin, ajoutez à « je suis amour », « je l'avais juste oublié ». Si vous avez encore du mal à dire : « Je suis amour », affirmation qui vous paraît encore puérile, qui vous semble n'être que foutaise, redites-vous dix fois, cent fois : « Je l'avais oublié », « J'avais oublié », et constatez que si vous demandez : « J'avais oublié quoi ? », un soupçon de vous répondra probablement : « Que je suis amour. » Observez ce qui se passe alors, voyez comme votre cœur, non plus votre tête mais votre cœur, reçoit ce qu'il attendait d'entendre depuis tant et tant d'années. Observez combien ces mots que vous vous êtes répétés tranquillement et qui ne vous quittent plus ont opéré un changement en vous et ouvert des perspectives qui vous paraissaient inimaginables.

Et si vous voulez poursuivre l'expérience, saisissez la prochaine occasion de dire à un autre qu'il est amour et qu'il l'a oublié. Évidemment, vous aurez du mal à faire cela avec l'automobiliste qui sort furieux de sa voiture parce que vous ne l'avez pas vu et que vous lui avez coupé la route. Ça ne fonctionnera pas, c'est sûr. Mais prenez donc dans vos bras, s'il en est autour de vous, un gamin de deux ou trois ans, votre enfant, votre petit-enfant, votre neveu ou votre nièce, le fils ou la fille de la voisine si vous pouvez vous le permettre et alors qu'il fait un gros caprice, qu'il tape du pied, qu'il hurle pour obtenir ce qu'il veut, serrez-le bien fort et dites-lui que ce comportement n'est pas qui il est, dites-lui que ça ne lui ressemble pas, que ce n'est pas lui. Si vous peinez à l'admettre vous-même, tant il est agité, rappelez-vous ce bambin dans les premiers jours qui ont suivi sa naissance et souvenez-vous de ce que tout le monde disait sur son berceau. N'était-ce pas ce genre de choses: « Quel amour ! », « Mais c'est un amour, cet enfant ! » ? Et comme c'était cela la vérité et qu'il n'y a pas de raison pour qu'elle ait changé, enchaînez en disant à ce petit être qu'il est amour et qu'il l'a oublié. Le résultat ne sera peut-être pas immédiat, car il faut du temps pour s'habituer à du nouveau qui change du tout au tout par rapport aux discours anciens et aux modes de pensée antérieurs. À une autre occasion, recommencez, puis recommencez encore et laissez-vous vous surprendre par l'immanquable changement qui s'ensuivra.

Faites de même, autant que possible, avec la personne qui, le cas échéant, partage votre vie et, un jour où elle est de mauvaise humeur et s'emporte contre vous, dites-lui, en prenant du recul relativement aux évènements et en vous abstenant de réagir comme d'habitude, dites-lui, sans mentir, que vous ne la reconnaissez pas (n'est-il pas vrai que lorsqu'elle agit de façon inappropriée, vous ne reconnaissez pas la personne que vous avez tant aimée ?), dites-lui que vous aimez la beauté de son âme (n'est-il pas vrai que ce que vous n'aimez pas, ce sont ses agissements et ses façons de faire, mais que, dans le fond, vous aimez toujours et encore la personne qui est derrière ?) et dites-lui donc aussi, sur votre lancée et tant qu'à faire, dites-lui que vous l'aimez parce que, tout compte fait, en repensant à la personne que vous avez connue, c'est un amour, parce qu'elle est amour, même si quelquefois, comme dans l'instant juste passé, il lui arrive de l'oublier. Et mesurez alors la différence de climat par rapport à celui que vous connaissiez lors de vos précédents accrochages.

Ça n'est pas facile, c'est vrai, mais que risquez-vous de perdre en en faisant l'expérience ? Et ne répondez pas : « Je vais essayer » pour cette raison qu'essayer, c'est se donner la chance de ne pas réussir.

VIVRE À DEUX, ÉCOLE DE L'AMOUR

Parmi les proches, il y a cet autre avec lequel on choisit de faire à deux sinon le chemin, du moins un bout de chemin. Cet autre avec qui on a commencé à conjuguer tout ce qu'on avait en commun (« Vous aimez le jazz ? Oh ! moi aussi, j'adore ! », « Comment, c'est le bleu, votre couleur ? J'y crois pas, c'est la mienne aussi ! », « C'est votre chanson préférée ! Moi aussi, c'est incroyable ! », etc.) et cet autre, le même pourtant, avec lequel les différences, au fil des semaines et des mois, se sont révélées de plus en plus marquées. Cet autre qu'on finit, passé la lune de miel, par ne plus voir avec les mêmes yeux, cet autre qui ne nous fait plus le même effet, et cet autre qu'on supporte de moins en moins. C'est là que la vie à deux se révèle être une extraordinaire expérience d'harmonisation des contraires, en sorte que ceux qui y parviennent sont capables de toute autre harmonisation. Encore faut-il tenir le coup et ne pas se laisser aller à la facilité propre à l'ère du jetable.

Nul ne contestera à cet égard que le divorce est un progrès et moins encore ceux qui ont connu l'époque où une tante ou une grand-mère est restée jusqu'au bout avec le mari qui la battait parce qu'à l'époque ça ne se faisait pas de se quitter. Mais, comme tout progrès, celui-ci a ses effets pervers qui consistent à ne rester ensemble que le temps de la fusion, que le temps où l'amour aveugle peut occulter les différences et les points de désaccord, que le temps de l'idéalisation. Effets pervers qui consistent à ne pas faire l'effort de conjuguer les différences et, au contraire, en quelques mois, au mieux en quelques années, à voir l'autre comme un indésirable, aux deux sens du terme, si ce n'est même comme un ennemi et à vouloir s'en séparer au plus tôt.

Certes, il ne saurait être question de rester ensemble coûte que coûte, encore moins, comme certaines de nos mères et de nos grands-mères, de sacrifier notre jeunesse et notre vie, mais il est question, tout de même, de voir l'amour, comme aurait dit Balzac, comme « un art aussi » et de se mettre à le pratiquer un tant soit peu, avant de ou au lieu de jeter l'éponge. Et voir l'amour comme un art, et non pas seulement comme un sentiment, signifie clairement que ça se travaille, que ça exige de l'effort, que ça demande de la patience et de la persévérance, que ça exige de cent fois sur le métier remettre son ouvrage.

Vivre l'amour comme un sentiment est une chose, au demeurant assez facile, puisqu'il suffit de se laisser porter, mais le vivre comme un art en est une tout autre qui oblige à connaître l'autre en se connaissant mieux soi-même et qui comporte, à la clé, outre la satisfaction d'avoir surmonté les épreuves et bravé les obstacles, la joie infinie de pouvoir s'enrichir de la différence de chacun et, puisqu'il s'agit d'art et donc de créativité, de jouir chaque jour du grand œuvre accompli. Ce à côté de quoi passent tous ceux qui divorcent trop vite.

Ils ne se rendent pas compte qu'ils jouent des jeux et que la séparation en est un. Ils ne se voient plus, l'un, l'autre, comme étant amour. Ils ne se voient que dans leurs rôles respectifs, de méchant, de gentil, de bourreau, de victime et ne parviennent pas à en sortir. Ils se séparent et tant pis pour les enfants (« Ils s'en remettront ! » dit-on) et tant pis pour les promesses qu'on s'était faites (« Ce n'était que des promesses ! » se console-t-on) et tant pis pour les projets qu'on avait (« On en fera d'autres ! » espère-t-on).

Évidemment, avant de se séparer, on se sera réconciliés quelquefois, on aura essayé de nouveau, on aura consulté un spécialiste, mais, forcément, comme on aura cherché en vain à « résoudre le problème avec le même type de pensée que celle qui l'a créé », comme disait Einstein, on finira par se convaincre que la seule solution est la séparation. Et, le plus souvent, comme des étudiants qui abandonnent en cours de route et qui, de ce fait, ne seront jamais ni médecins ni avocats, on quitte cette école unique et irremplaçable de l'amour qu'un couple constitue.

Le couple est, sans doute, la meilleure école de l'amour.

Certes, pour apprendre à aimer, il y a des séminaires, il y a des livres, il y a des coachs, mais, de la même manière que l'expérience est la meilleure école de la vie, le couple est, sans doute, la meilleure école de l'amour.

C'est au sein du couple qu'on apprend, pour peu qu'on fasse preuve de patience, de courage et de persévérance, tout ce qui fera qu'on aimera vraiment. Au sein du couple, on apprend à accepter la différence de l'autre. On apprend à ne plus juger. À ne plus attendre. À ne plus jouer. Au sein du couple, on apprend la responsabilité. On apprend à s'aimer soi. À grandir et à s'épanouir.

Il n'en demeure pas moins qu'on peut, bien sûr, mettre fin à une relation. On peut faire le constat de ce que les chemins de l'un et de l'autre se décroisent. On peut prendre acte de ce qu'on est allé le plus loin possible de l'évolution ensemble et reconnaître que la voie de chacun se poursuivra mieux autrement. Pourvu, pourtant, que ce soit dans l'amour. Pourvu que ce soit en remerciant l'autre de tout son apport, en rendant grâce à l'autre pour tout l'enrichissement de l'expérience. Si l'on est capable de cela, on peut se dire adieu sans que la séparation participe d'un jeu, sans qu'elle soit un drame, et sans qu'elle soit du genre à ne rien résoudre du tout et à recommencer la même chose avec quelqu'un d'autre.

Si l'on est capable de s'aimer à ce point, au point de s'aimer encore quand il s'agit de se séparer, au point d'être rempli de gratitude quand vient l'heure de se quitter, si donc on est capable de s'aimer vraiment, c'est sans doute qu'on l'aura appris au sein du couple, en sorte qu'en s'aimant ainsi, il y a bien moins de risques – c'est un incroyable paradoxe – de devoir se séparer.

Si l'on est capable de s'aimer au point d'être rempli de gratitude quand vient l'heure de se quitter, il y a bien moins de risques de devoir se séparer.

Et si l'on est capable de s'aimer à ce point qui est de

s'aimer encore quand il faut se quitter, si donc on est capable d'aimer vraiment, alors cela ne peut être que pour toujours, parce que, comme l'écrivait José Ortega y Gasset, « [i]l n'est pas vraisemblable qu'un amour plein [...] puisse mourir ».

Ce qu'ils ont dit sur l'amour au fil du temps

Nous n'irons pas au but un par un mais par deux
Nous connaissant par deux nous nous connaîtrons tous
Nous nous aimerons tous et nos enfants riront
de la légende noire où pleure un solitaire

Paul Éluard

On ne peut pas dire « je ne t'aime plus ». Si l'on aime de toute sa personne, de tout son être, c'est pour toujours.

Olivia Gazalé

AIMER SON PROCHAIN

Déclarer que nous sommes amour, c'est aussi affirmer que l'autre est amour, puisque nous sommes tous un « autre » aux yeux d'autrui.

Or, qui parle d'aimer son prochain envisage le plus souvent ceux qui ne sont pas si proches de nous, voire des inconnus. Pourtant, notre prochain, n'est-ce pas, avant tout, ceux qui nous entourent, nos parents, notre conjoint, nos enfants ?

Il est vrai, cependant, qu'il arrive qu'on se querelle, qu'on s'éloigne et que, du coup, un proche devienne un prochain et donc un moins proche. Combien de conjoints, en effet, pour s'être déchirés, ont-ils creusé un fossé entre eux ? Combien de frères et sœurs ne se voient-ils plus ou si peu souvent ? Combien d'enfants sont-ils fâchés avec leurs parents ou avec l'un d'eux et combien de pères et de mères sont-ils brouillés avec leurs enfants ?

> *Celui qui parvient à aimer tous les siens aimera le monde entier.*

Dans *Malaise dans la civilisation*, Freud envisageait la difficulté à aimer « cet étranger » qui « n'est [...] pas digne d'amour » et qui « pour être sincère [...] a plus souvent droit à mon hostilité et même à ma haine ». Mais n'est-il pas autrement plus difficile d'aimer son père quand il vous a battu que d'aimer un inconnu qui vous importe peu, autrement plus difficile d'aimer sa mère quand elle vous a plus ou moins abandonné ou qu'elle ne vous a pas protégé que d'aimer l'étranger qui campe à votre porte, autrement plus difficile d'aimer son frère ou sa sœur quand il ou elle vous a pris votre place que d'aimer les êtres humains en général ? N'est-ce pas pour cela qu'on peut dire que celui qui parvient à aimer tous les siens aimera le monde entier ?

Car c'est là le défi sans doute : aimer ses proches et surtout ceux avec qui il a toujours semblé impossible d'avoir une relation apaisée. Ne sont-ils pas une opportunité pour apprendre à aimer et les épreuves les plus difficiles ne sont-elles pas réservées aux meilleurs élèves ?

VOUS AVEZ DIT « L'AUTRE » ?

« Si j'aime un autre être, disait Freud, il doit le mériter à un titre quelconque. [...] Il mérite mon amour lorsque par des aspects importants il me ressemble à tel point que je puisse en lui m'aimer moi-même. [...] En revanche, s'il m'est inconnu, s'il ne m'attire par aucune qualité personnelle et n'a encore joué aucun rôle dans ma vie affective, il m'est bien difficile d'avoir pour lui de l'affection. Ce faisant, je commettrais même une injustice, car tous les miens apprécient mon amour pour eux comme une préférence ; il serait injuste à leur égard d'accorder à un étranger la même faveur. Or, s'il doit partager les tendres sentiments que j'éprouve sensément pour l'univers tout entier, et cela uniquement parce que tel l'insecte, le ver de terre ou la couleuvre, il vit sur cette terre, j'ai grand peur que seule une part infime d'amour émane de mon cœur vers lui, et à coup sûr de ne pouvoir lui en accorder autant que la raison m'autorise à en retenir pour moi-même. »

Il est vrai que nous nous reconnaissons plus volontiers dans cet honnête partage du père de la psychanalyse que dans le commandement du Lévitique qui nous demande d'aimer notre prochain. Serait-ce que le premier correspond à la réalité de notre quotidien et que le second n'est qu'un lointain idéal ? Et si tel est le cas, cet idéal étant conditionné par l'impossible changement de l'autre, autant dire que l'amour du prochain ne rime à rien. Sauf à ce que l'amour du prochain ne soit pas le même que celui qu'on ressent pour son enfant nouveau-né, sauf à ce qu'il ne soit pas le même que celui qu'on éprouve pour sa maman quand on a cinq ans et qu'on le lui manifeste pour la fête des Mères avec un merveilleux dessin ou un bel objet sculpté dans la glaise.

Et si, en effet, l'amour du prochain semblable à l'amour de soi-même s'entendait, *a minima*, d'une acceptation de l'autre tel qu'il est et non pas tel qu'on voudrait qu'il soit ?

Et si l'amour du prochain semblable à l'amour de soi-même s'entendait d'une attitude bienveillante à son égard qui implique de comprendre son histoire et ses mécanismes de défense ?

Et si l'amour du prochain semblable à l'amour de soi-même s'entendait de le voir, cet autre qui nous agace, qui nous contrarie, qui nous met hors de nous, comme un miroir de nous-mêmes ?

Et si l'amour du prochain semblable à l'amour de soi-même s'entendait de voir les imperfections d'autrui, ses défaillances, ses maladresses, comme un miroir de nos propres imperfections, défaillances et maladresses ?

Et si l'amour du prochain semblable à l'amour de soi-même s'entendait de notre capacité à voir l'autre dans son âme et non pas avec son masque, dans le rôle qu'il joue ?

Si c'était cela, aimer son prochain ?

Imaginez encore. Face à un avare, vous avez le don soudain de pouvoir le voir dévêtu de son costume d'Harpagon. Vous comprenez que ce rôle qu'il joue n'est rien d'autre qu'un mécanisme de défense mis en place dans son enfance pour se protéger de Dieu sait quoi dans son histoire. Il n'en faut guère plus pour que vous entriez en contact avec son âme et pour que vous réalisiez à quel point cet être apparemment mesquin n'est, en vérité, qu'amour.

Imaginez encore. Faites tomber les masques de tous ceux qui jouent si bien leur rôle autour de vous, leur rôle de méchant, leur rôle de dictateur, leur rôle de victime et même leur rôle de gentil. Faites tomber tous les masques et imaginez les mécanismes de protection qui ont présidé à leur fabrication. Voyez les autres non plus comme les personnages dont ils jouent le rôle, bien malgré eux, mais dans leur âme. Et un constat s'imposera à vous, que vous le vouliez ou non: ils sont amour tous autant qu'ils sont.

Si c'était cela, aimer son prochain?

Non point jusqu'à serrer dans ses bras cet étranger indigne d'amour, nous sommes d'accord, mais pratiquer, face à lui, l'expérience consistant à se demander, en toutes circonstances, qu'est-ce que l'amour ferait s'il était à notre place.

Si c'était cela, aimer l'autre?

Non point ouvrir ses bras à des inconnus, mais les voir comme autant d'opportunités de grandir en sagesse? Non point s'assombrir à leur vue et se fermer comme des huîtres, mais au contraire, si c'est possible et en tout cas jusqu'au plus possible, rayonner sur la sphère de leur existence?

Si c'était cela, aimer l'autre? Aimer le monde, les gens, son prochain?

Socrate invitait à se connaître soi-même et annonçait que, procéder ainsi, c'était s'ouvrir à la connaissance de l'univers et des dieux. Dans la mesure où se connaître, avec son ombre, sa splendeur, ses faiblesses, ses forces, son inconscient et sa créativité, dans la mesure où se connaître revient à ne plus nier notre côté obscur mais à l'admettre pour le transformer, il va de soi que «connais-toi toi-même» est synonyme de «aime-toi toi-même».

Aime-toi toi-même, donc, et tu aimeras l'univers et les dieux.

Alors, sans doute, ne pleureras-tu plus que de joie.

L'immense joie d'une autre façon d'aimer.

Réenchanter l'amour, c'est :

pratiquer la bienveillance tant envers les autres qu'envers soi-même ;

voir en l'autre un miroir de soi-même et l'accepter comme il est et non pas comme on voudrait qu'il soit ;

se demander, en toutes circonstances : « Qu'est-ce l'amour ferait s'il était à ma place ? »

vivre l'amour comme un art et jouir chaque jour du grand œuvre accompli.

CHAPITRE 13

Quand oser l'impossible, c'est le rendre possible

« Il est bon aussi d'aimer ; car l'amour est difficile, écrivait Rainer Maria Rilke dans ses *Lettres à un jeune poète*. L'amour d'un être humain pour un autre, c'est peut-être l'épreuve la plus difficile pour chacun de nous, c'est le plus haut témoignage de nous-mêmes ; l'œuvre suprême dont toutes les autres ne sont que des préparations. L'amour [...] c'est l'occasion unique de mûrir, de prendre forme [...]. C'est une haute exigence, une ambition sans limites qui fait de celui qui aime un élu [...]. »

VOUS AVEZ DIT « DIFFICILE » ?

Difficile. Voire impossible si cela implique d'aimer ses ennemis. Et si aimer signifie pardonner – au tyran, au violeur, au tueur, au traître –, alors ce n'est pas seulement impossible mais carrément impensable !

N'est-ce pas ce que nous ressentons ? N'est-ce pas ce qui sort de nos tripes quand nous sommes touchés personnellement par un drame ou même à la seule idée d'un malheur qui nous toucherait et qui serait le fait d'un tiers ? N'est-ce pas ce que nous exprimons lorsque ce sont des proches, des amis, des voisins qui sont en deuil ou qui sont meurtris par un acte ignoble d'autrui ?

Car nous voulons bien aimer – l'idée nous plaît – et être aimés – c'est évident. Nous ne voulons même que cela. Mais de là à nous prendre pour Jésus qui pardonne à tout le monde et qui tend l'autre joue, il est clair que, pour la plupart d'entre nous, il n'en est pas question.

Et c'est alors que, devant la difficulté de l'épreuve, nous choisissons le plus souvent la facilité. Cette facilité qui consiste à nous laisser emporter par notre colère, à nous laisser gagner par la rage, à céder à nos pulsions de haine et même d'envie de tuer, à maudire le ou les fautifs, à leur en vouloir, à leur souhaiter le pire. « Il est facile de haïr », disait Morarji Desai qui fut disciple de Gandhi, et c'est vrai parce qu'il n'y a aucun effort à faire pour ne pas éprouver, d'abord, du ressentiment face à l'adversité. « Il est facile de haïr et, ajoutait-il, il est difficile d'aimer » et, dans de semblables circonstances, difficile, surtout, de s'aimer assez soi-même, pour ne pas se détruire en ajoutant à la tristesse et au chagrin de la haine et du ressentiment.

C'est soi-même qu'on détruit quand on voudrait que ce soit l'autre qui crève, qui disparaisse.

C'EST SOI-MÊME QU'ON DÉTRUIT

Car c'est soi-même qu'on détruit alors, quand on voudrait que ce soit l'autre qui crève, qui disparaisse. C'est soi et personne d'autre.

À LA PREMIÈRE PERSONNE

Je me souviens de mon grand-père maternel, dans les années 1950, et de sa façon de réagir chaque fois que la télévision montrait le visage d'Hitler, chaque fois qu'elle consacrait une émission à l'Holocauste ou chaque fois qu'elle diffusait des images telles que celles de Nuit et Brouillard. *Toute sa famille avait été exterminée dans le ghetto de Varsovie. Ses parents, ses frères et sœurs, ses neveux et nièces, ses cousins et cousines. Il ne restait que lui et l'un de ses frères qui avaient quitté la Pologne avant-guerre. Dans ces moments-là, lorsque le petit écran se mettait à rivaliser avec l'oubli qui lui permettait de survivre à cette terrible épreuve, je le voyais, tout enfant que j'étais et alors qu'il ne disait pas un mot, je le voyais se crisper, je fixais son visage qui s'assombrissait, j'observais ses poings qui se serraient, je suivais son sang qui montait jusqu'à sa tête. De fait, dans ces années-là, et sans doute à force de se comprimer les artères, il s'est abîmé le cœur au point de se faire un premier infarctus et de devoir, sa vie durant, subir interventions chirurgicales et autres pontages. Comme il ne pouvait s'en prendre aux assassins des siens, et que sa rage devait forcément trouver une cible, ce sont ses propres artères qui en ont tenu lieu et qui ont eu raison de lui.*

• • • • • • • • • • • • • • • • • • • •

C'est soi qu'on détruit et la majorité des maladies le démontrent bien. Dans son ouvrage intitulé *Pour en finir avec les maladies psychosomatiques*, le professeur François-Bernard Michel, spécialiste des maladies respiratoires, explique que toutes les maladies sont à cent pour cent d'origine organique, mais qu'elles sont aussi à cent pour cent d'origine psychosomatique. Si donc nous avons un cancer, c'est certes parce que notre terrain y est favorable, c'est certes parce que nous avons absorbé des substances cancérigènes, c'est certes parce que nous avons été exposés à des rayonnements ultraviolets, mais c'est aussi parce que, souffrant de notre impuissance à nous en prendre à l'autre, à changer l'autre ou à accepter la réalité de ce qui est, nous dirigeons notre pulsion de destruction sur nous-mêmes et donc sur nos cellules. Nous ne nous y trompons guère lorsque, évoquant un ami, un proche, un collègue, nous disons volontiers qu'il « s'est fait » un cancer ou qu'il « s'est chopé » une maladie.

PLUS FACILE DE HAÏR

Mais pourquoi diable est-il plus facile de haïr que d'aimer ? Non point dans un contexte serein où le problème ne se pose pas, mais dans un contexte de stress né du fait nuisible d'autrui ?

Pourquoi, sinon parce que la rage, la haine, le ressentiment et la vengeance sont des mécanismes que nous mettons en place pour éviter un trop grand désespoir et, au-delà de celui-ci, la folie à laquelle il pourrait conduire. Cependant, en effet, que notre énergie est prise par notre colère, nous sommes trop occupés avec elle et avec toutes ses manifestations pour nous laisser aller à notre tristesse et à notre chagrin. D'une certaine façon, dans des circonstances douloureuses, la haine aide supposément à moins souffrir. C'est même sa fonction secrète. Dans le désarroi, face à l'impérieuse nécessité de ne pas être emportés par une émotion que nous ne savons pas gérer, nous la laissons occuper l'espace.

Dans des circonstances douloureuses, la haine aide supposément à moins souffrir. C'est même sa fonction secrète.

Mais il est aussi plus facile de haïr parce que, tout simplement, nous suivons, depuis toujours, les modèles disponibles et que nous n'avons pas appris à faire autrement. Nos parents réagissaient et nous réagissons ; nos maîtres manifestaient leur ressentiment et nous en faisons tout autant ; les médias cherchent des coupables qu'ils appellent improprement des responsables et nous passons notre vie à pointer du doigt les fauteurs de troubles ; les hommes politiques n'en ratent pas une pour se torpiller les uns les autres, et quand bien même nous déplorons le triste spectacle qu'ils nous offrent, nous ne manquons pas l'occasion d'une agression pour leur ressembler à s'y méprendre. Qui donc nous a jamais appris à procéder autrement ? Qui nous a jamais appris à ne pas laisser une infinie tristesse et une légitime colère se changer en haine dévoreuse ? Qui nous a jamais appris à maîtriser un incommensurable chagrin pour qu'il ne se transforme pas en rage du désespoir ? Qui nous a jamais initiés à la recherche de l'enseignement que cache et comporte toute épreuve ?

Et comment, dès lors, faute d'avoir été ainsi guidés, faute d'avoir appris à vivre pleinement notre tristesse, pourrions-nous faire autrement que de hausser les épaules à l'évocation d'un fils de charpentier qui invitait ceux qui croisaient son chemin à aimer leurs ennemis et à tendre l'autre joue ?

TENDRE L'AUTRE JOUE

Il est certain que lorsqu'on a eu pour seuls modèles ceux qui viennent d'être rappelés, ceux de nos parents, de nos éducateurs, des médias et, pourrions-nous ajouter, ceux que nous présentent majoritairement la télévision, le théâtre, le cinéma et la littérature, on n'entend rien d'autre par « tendre l'autre joue » que l'attitude stupide de qui, étant agressé, non seulement ne se défendrait pas, mais aussi accepterait volontiers de prendre d'autres coups. Mais, en fait de stupidité, comment peut-on raisonnablement imaginer que, dans l'esprit de son auteur, cette invitation ait pu avoir un sens aussi simpliste ?

Tout porte à croire que, pour qui s'exprimait en paraboles, il y a, à la proposition de tendre la joue gauche, un autre sens que celui qu'on veut bien lui donner. Partons, pour tenter de le trouver, de ce que nous serions tentés de faire si d'aventure nous recevions une gifle. Il est certain que notre réaction serait avant tout d'éviter d'en recevoir une autre, puis de contre-attaquer et de frapper l'agresseur à notre tour. Nous ne serions dans ce cas pas forcément meilleurs que lui. Imaginons alors que nous voulions éviter d'entrer dans l'engrenage de la violence. Imaginons que nous soyons résolus à ne pas rendre coup pour coup et à ne pas avoir nous-mêmes un comportement que nous condamnons chez l'autre. Il faudrait pour cela que nous nous y prenions différemment, que nous lui montrions une autre face, un autre visage. Non point le visage de celui qui est prompt à se battre, non point le visage de celui qui est prêt à en découdre, mais le visage de celui qui n'incline pas à opposer à la haine de l'autre plus de haine encore, le visage de celui qui affiche une force tranquille et déterminée, le visage de celui qui est résolu au dialogue et à la paix.

N'est-ce pas bien davantage cela que signifie « tendre l'autre joue » ? Montrer de nous un autre visage que celui qui exprime la colère, la rage et le ressentiment. Montrer de nous le visage de la bienveillance. Montrer de nous le visage de la bonté et révéler toute sa puissance.

Et ce n'est pas faiblesse, comme d'aucuns le prétendent trop souvent. Où a-t-on vu que faire face à un homme armé, s'approcher de lui les mains nues et l'inviter gentiment à déposer son révolver, alors qu'il est prêt à tirer, est un comportement de faible ? Où a-t-on vu que rester calme face à un ours, lui montrer qu'on ne lui veut pas de mal et éviter de l'énerver (ce qui est l'attitude conseillée) est un comportement de mauviette ? Et où a-t-on vu que parvenir à ne pas paniquer lorsqu'un serpent surgit sous la tente est le propre du poltron ?

AIMER SES ENNEMIS

Et comment, pareillement, imaginer qu'aimer ses ennemis signifierait de devoir les prendre dans ses bras et d'être obligé de les chérir ? Comment imaginer que Jésus, lui-même, sur la croix, même en implorant le Seigneur de pardonner à ses tortionnaires parce qu'« ils ne savent pas ce qu'il font », comment imaginer qu'il ait eu, à ce moment-là d'extrême souffrance, de la sympathie joyeuse pour Hérode et pour ses légionnaires ?

Car aimer ses ennemis, ce n'est pas cela. Aimer ses ennemis, c'est, tout en les combattant si autrement ne se peut, les considérer comme l'occasion de grandir en amour de soi, c'est les voir comme un tremplin vers de plus hautes sphères, c'est les envisager comme une opportunité placée sur sa route pour libérer son cœur de toute haine et de tout ressentiment.

Ce qu'ils ont dit sur l'amour de nos ennemis

Vous avez appris qu'il a été dit : Tu aimeras ton prochain, et tu haïras ton ennemi. Mais moi, je vous dis : Aimez vos ennemis, bénissez ceux qui vous maudissent, faites du bien à ceux qui vous haïssent, et priez pour ceux qui vous maltraitent et qui vous persécutent [...]. Si vous aimez ceux qui vous aiment, quelle récompense méritez-vous ? [...] Et si vous saluez seulement vos frères, que faites-vous d'extraordinaire ?

Évangile selon saint Matthieu

Il est impossible de seulement commencer à aimer ses ennemis sans avoir accepté d'abord la nécessité, sans cesse renouvelée, de pardonner à ceux qui nous infligent le mal et l'injustice.

Martin Luther King

Notre pire ennemi se cache dans nos cœurs.

Publilius Syrus

Mon propre moi est à la fois mon ami et mon ennemi.

Proverbe sanskrit

Si tu ne trouves pas d'ennemi, songe que ta mère en a mis un au monde.

Proverbe bulgare

Dans le terrible contexte de la Shoah, Etty Hillesum écrivait peu avant d'être gazée à Auschwitz : « Je ne vois pas d'autre solution que de rentrer en soi-même et d'extirper de son âme toute cette pourriture. Je ne crois plus que nous puissions corriger quoi que ce soit dans le monde extérieur que nous n'ayons d'abord corrigé en nous. L'unique leçon de cette guerre est de nous avoir appris à chercher en nous-mêmes et pas ailleurs. » Quelle incroyable leçon d'amour ! Voir les nazis et leurs abominables crimes comme une occasion d'extirper de notre âme tout ce qui n'est pas pur, quel courage ! Et quelle force !

Et comment, dès lors, pouvons-nous, quant à nous, nous priver d'aimer nos ennemis qui nous montrent ce qu'en nous-mêmes nous détestons ? Comment pouvons-nous nous dispenser d'aimer nos ennemis, puisqu'ils nous montrent ce que nous ne voulons pas pour nous ? Comment, puisqu'ils nous engagent à ne leur ressembler d'aucune façon, ni de près ni de loin ? Comment, de la même façon, pouvons-nous nous exempter d'aimer nos ennemis, puisqu'ils sont nos plus grands maîtres en amour ?

Le mot d'humour

L'ennemi est con, il croit que c'est nous l'ennemi alors que c'est lui.

Pierre Desproges

PARMI SES ENNEMIS, IL Y A SOI

Le fait est que c'est d'abord nous-mêmes que nous maltraitons. Entendons comment nous nous invectivons souvent, comment nous nous disqualifions, comment nous nous dévalorisons, et nous le faisons un peu comme si l'opinion que nous avions de nous nous préparait à l'opinion peu avantageuse que les autres pourraient avoir de notre personne.

Et nous nous maltraitons aussi en ce que nous nous tourmentons, nous nous angoissons, nous nous faisons du mauvais sang, expression populaire qui vient assez confirmer que nous ne sommes pas pour rien dans les maladies qui nous affectent.

Et nous nous maltraitons encore en ce que, souvent, trop souvent, pour certains, nous nous sabotons. Nous avons tout pour réussir ce que nous entreprenons sauf – et c'est ce qui fait qu'on aura dit le mot qu'il ne fallait pas, qu'on aura fait le geste qu'il ne fallait pas – sauf, donc, qu'il nous manque, souvent, la permission de réussir que nous ne nous donnons pas ou pas toujours ou pas complètement. Ainsi d'un candidat presque déclaré pour exercer les plus hautes fonctions de l'État et ayant toutes les chances de l'emporter qui, ne maîtrisant pas ses pulsions sexuelles, se fait passer les menottes devant les caméras du monde entier. Il avait sans doute la permission de réussir si l'on en croit son parcours, mais pas jusqu'au bout, pas jusqu'au sommet, et c'est pourquoi, inconsciemment, il s'est saboté. Ainsi de tel maire d'une grande capitale rattrapé par son addiction au crack ou de tel autre d'une autre capitale, obligé de démissionner pour une sombre histoire de caisse noire. Ni les uns ni les autres ne devaient s'être donné la permission de réussir pleinement.

L'ENNEMI EST UN MAÎTRE EN AMOUR

Les gens aimables sont, par définition, faciles à aimer. Il n'y a aucun mérite à apprécier quelqu'un qui ne nous contrarie pas, qui ne nous dispute rien, qui ne nous exclut pas, qui ne nous humilie pas, qui ne nous persécute pas. Là où, toujours, les choses se corsent, c'est lorsqu'il s'agit d'aimer des personnes moins aimables, des individus qui, pour nous indisposer, nous renvoient à la part d'ombre qui est en nous, des gens qui nous confrontent, des gens qui nous dérangent.

Pourtant nos plus grands maîtres en amour ne sont pas ceux avec qui on s'entend le mieux. Ce sont les autres. Tous les autres. Pas forcément ennemis. Ces autres nous montrent les aspects de nous-mêmes qui nous déplaisent, nous font considérer un autre cadre de références, nous obligent à nous redéfinir, interpellent notre capacité à accepter les différences et, tout compte fait, sans le savoir, nous placent face au choix de la haine ou de l'amour.

Wayne Dyer, auteur, entre autres ouvrages, du *Pouvoir de l'intention*, racontait qu'il en avait longtemps voulu à son père d'avoir abandonné sa femme alors qu'il venait de naître et que son frère était gravement malade. Il lui en voulait terriblement de ne jamais leur avoir donné de nouvelles, d'avoir laissé sa mère trimer seule et de ne leur avoir jamais envoyé le moindre petit cadeau à Noël ni la moindre carte d'anniversaire. Un jour, il apprit par hasard que cet ignoble individu était mort et il eut envie d'aller sur sa tombe pour lui exprimer toute sa colère et pour, disait-il, « pisser » dessus. Il se rendit donc dans la ville où était enterré l'auteur de ses jours mais, parvenu au cimetière, au-dessus de la dalle qui portait son nom, il ne put rien dire des quatre vérités qu'il avait si souvent ressassées pour les crier à son père, si jamais, un jour, il se trouvait face à lui. Dans le silence de l'endroit, il réalisa combien tout avait été parfait. Il comprit que cet homme avait en grande partie contribué à celui qu'il était devenu, que c'était, sans doute, grâce à lui s'il avait écrit des best-sellers, donné des conférences et parlé à la télévision. Sans lui, reconnaissait-il, il n'aurait jamais pu faire un tel chemin. « Vous savez, demandait-il à son auditoire, qui a été mon plus grand maître ? »

« Mon père », répondait-il.

En se montrant hostile, ingrat, ignoble, féroce, violent ou pire encore, l'autre donc nous confronte à notre habileté à aimer. « Aime-moi donc, d'abord, car ce n'est que lorsque tu m'aimeras, moi, le lâche, le laid, le méchant, l'ennemi, que tu pourras vraiment dire que tu aimes ! »

Mandela l'avait compris, assurément, lui qui, après vingt-sept années de prison, avait tendu la main à ses geôliers. L'humanité ferait un pas de géant si les hommes et les peuples victimes de génocides et autres atrocités voulaient bien envisager que leurs ennemis, certes juriquement condamnables, certes socialement bannissables, certes politiquement méprisables, n'en sont pas moins, d'un autre point de vue, leurs plus grands maîtres en amour.

Car c'est cela, aimer. De la même façon que le pardon n'a de sens, comme l'écrivait Jankélévitch, que pour ce qui n'est pas pardonnable, l'amour ne prend tout le sien que face à ce qui est moins aimable.

Et c'est difficile, disions-nous, mais n'est-il pas vrai, comme l'affirmait Sénèque que « [c]e n'est pas parce que les choses sont difficiles que nous n'osons pas, c'est parce que nous n'osons pas qu'elles sont difficiles » ?

Alors, osons. Osons. Osons aimer. Mais aimer autrement, aimer vraiment.

Rendre possible l'impossible, c'est :

cesser de se détruire soi quand on voudrait
que ce soit l'autre qui disparaisse ;

ne plus suivre les modèles qui nous sont donnés
de la haine et du ressentiment ;

voir l'autre qui nous confronte à notre habileté à
aimer comme une occasion de grandir en amour.

Conclusion

«Je t'aime, dit la petite fille au petit garçon.

– Comme les grands ? demande ce dernier.

Et la gamine de lui répondre :

– Mais non, voyons, pour de vrai ! »

S'aimer pour de vrai, aimer pour de vrai, comme des enfants, c'est là que mène une autre façon d'aimer.

Une autre façon d'aimer qui abolit toute condition à l'amour parce que l'amour n'en admet aucune.

Une autre façon d'aimer qui s'affranchit de toute attente, puisqu'il n'y a d'attente, pour tout être humain, que de retrouver sa propre grandeur.

Une autre façon d'aimer que n'altèrent ni la peur d'aimer ni celle d'être aimé.

Une autre façon d'aimer libérée de l'illusion de toute-puissance pour laisser place à toute la puissance de chacun.

Une autre façon d'aimer qui bannit la possessivité, car nul ne peut jamais posséder que soi.

Une autre façon d'aimer qui ne dépend de personne, car nul ne peut jamais faire le bonheur de l'autre.

Une autre façon d'aimer qui n'a point besoin de chercher un coupable parce qu'en amour l'innocence est la règle.

Une autre façon d'aimer insensible à ce qui brille d'un éclat trompeur.

Une autre façon d'aimer telle qu'il n'y a nul besoin d'être aimé.

Une autre façon d'aimer qui est toute bienveillance.

Une autre façon d'aimer qui ne laisse pas de place au jugement.

Une autre façon d'aimer qui n'est plus dans la compétition, mais dans la coopération.

Une autre façon d'aimer pleinement dans la jouissance du temps présent, sans rancune ni rancœur.

Une autre façon d'aimer qui n'a pas de leçon d'exigence à recevoir d'une intransigeance inefficace.

Une autre façon d'aimer fondée non point sur l'intenable promesse de s'aimer toujours, mais sur l'humble engagement de s'aimer quoi qu'il arrive.

Une autre façon d'aimer qui impose à chacun de voir en l'autre un miroir reflétant ses propres défaillances et imperfections.

Une autre façon d'aimer dont le passage obligé est le si difficile amour de soi.

Une autre façon d'aimer qui exige le renoncement à l'état de victime et à ses bénéfices.

Une autre façon d'aimer qui fait rayonner si fort celui qui la pratique que toute séduction devient obsolète.

Une autre façon d'aimer qui fait tomber les masques des personnages pour privilégier les relations de cœur à cœur.

Une autre façon d'aimer qui, n'ayant plus besoin ni de souffrances, ni de chagrins, ni de tourments, ne fait couler des larmes que de joie.

Une autre façon d'aimer tellement plus passionnante que des passions dévorantes.

Une autre façon d'aimer autrement plus exigeante qu'un devoir aimer.

Une autre façon d'aimer qui exige patience, courage et persévérance.

Une autre façon d'aimer qui redonne à l'homme l'éclat de sa splendeur et qui le hisse au niveau de sa véritable dimension.

Certes, de la façon d'aimer dont il est question dans ce livre, je suis, je le confesse, bien loin.

Et vous ? Où en êtes-vous ? n'aimeriez-vous pas, ne voudriez-vous pas...

aimer « même si » ;
grandir avec ce qui vous advient ;
être infiniment présent en tout lieu et en toutes circonstances ;
posséder tous vos moyens ;
œuvrer à votre propre bonheur ;
déployer toute votre puissance ;
accepter ce qui est, quoi qu'il advienne ;
rayonner de qui vous êtes ;
assumer votre responsabilité ;
vous aimer pleinement ;
vous passionner pour la vie ;
vous émerveiller de toutes choses ?

Pour ma part, j'aimerais tellement...
ne plus aimer « si » ;
ne plus éprouver de ressentiment ;
ne plus attendre ;
ne plus être tenté de posséder l'autre ;
ne plus jouer de ma « toute-puissance » ;
ne plus dépendre ;
ne plus juger ;
ne plus séduire ;
ne plus chercher un coupable ;
ne plus être victime ;
ne plus promettre ;
ne plus me mésestimer ;
ne plus donner dans la passion.

Je voudrais tant mais, comme tout le monde, je dois faire avec mes croyances, avec mes résistances, avec mes pulsions et mes impulsions, avec mes pas en avant suivis de pas en arrière, avec mon ombre, avec mes peurs.

Je voudrais tant aimer de cette autre façon qui correspond à l'aspiration profonde de tant d'êtres humains. Je voudrais tant et si je ne peux pas dire que j'aime ainsi, j'y travaille assurément.

Ce livre, en ce que son écriture m'a permis de faire le point sur mes réflexions à cet égard, en ce qu'il m'a permis de mesurer où j'en étais, en ce qu'il m'a montré le chemin restant à parcourir, aura certainement été un instrument de ce travail. Considérant l'image de la pierre précieuse que nous sommes tous, pierre à polir pour qu'elle resplendisse de tout son éclat, ce livre aura sans doute été, parmi d'autres, un moyen d'en ôter, un peu plus, les aspérités.

Si je ne suis pas au point où je voudrais être, je mesure cependant le chemin parcouru depuis l'époque où j'avais tout faux s'agissant d'aimer, où je jouais sans cesse le rôle d'un personnage, où je n'avais nulle idée d'une autre façon d'aimer, et je me dis quand même que, ma foi, ce n'est déjà pas si mal.

Cela étant, je suis prêt, sans nul doute, à aller plus loin. Même si je m'attends à de nouvelles épreuves. C'est Thierry Janssen qui me disait combien il faut se méfier de ce qu'on écrit, car la vie, aussitôt, se charge de mettre un obstacle sur notre chemin, comme pour vérifier que nous sommes capables d'appliquer ce que nous proposons dans nos ouvrages. Parles-tu des bienfaits du pardon, et hop ! elle met au travers de ta route une occasion de voir si tu es aussi capable de tourner la page. Parles-tu des méfaits de la passion et elle te propose une aventure pleine de belles promesses pour mesurer ta capacité à t'en détourner. Parles-tu de l'inconfort de la culpabilité et hop ! elle te confronte à une situation où il te faudra envisager comment, toi, tu l'as créée.

Je m'attends donc à tout, lors de la parution de cet ouvrage, y compris, aussi, pourquoi pas, à la perspective d'être épargné de nouvelles épreuves. Et je le serai peut-être, en prenant l'engagement de poursuivre, sans relâche, l'objectif d'aimer vraiment et en suivant inlassablement la voie d'une autre façon d'aimer.

Et vous, de quelle façon vous maintiendrez-vous dans l'objectif d'une autre façon d'aimer ?

Remerciements

Que soient ici remerciés toutes celles et tous ceux qui ont permis à « une autre façon d'aimer » de faire son chemin et particulièrement celles et ceux qu'il m'est arrivé, au cours de mon existence, consciemment ou inconsciemment, de blesser, de juger, de rejeter ou de trahir ; qu'ils sachent, si d'aventure ils me lisent, que j'en suis sincèrement désolé.

Que soient aussi remerciés toutes celles et tous ceux qui, dans ma vie, consciemment ou inconsciemment, directement ou indirectement, m'ont causé du tort en me frappant, en me jugeant, en m'excluant, en trahissant ma confiance ; qu'ils sachent qu'au contraire, aujourd'hui, de leur en vouloir, je leur sais infiniment gré, même si je me serais volontiers passé des peines que j'ai éprouvées, de s'être trouvés sur mon chemin et d'avoir été en quelque sorte, mais pour de vrai, comme ces épreuves infligées aux profanes, dans les rites initiatiques, pour leur permettre de passer victorieusement des ténèbres à la lumière.

Que soient également remerciés, pour avoir enrichi ma pensée, tous les auteurs que j'ai cités dans cet ouvrage, mais aussi ceux que je n'ai pas eu l'occasion d'évoquer, comme Bertrand Vergely, pour l'enthousiasme qu'il dégage, et Odile Chabrillac, pour son soutien à toute épreuve. Que soient encore remerciés tous ceux qui sont à l'avant-garde d'« une autre façon d'aimer » et en particulier Guy Corneau, pour sa fidélité sans faille, Thierry

Janssen, pour son amitié inconditionnelle, Marc de Smedt, pour la spiritualité, les pieds sur terre, dont, sans le savoir, il m'a donné le goût, il y a bien longtemps, André Comte-Sponville, pour ses livres de mon chevet, et Olivia Gazalé, pour son enseignement de l'amour, non plus à la folie, mais « à la philo ».

Que soit enfin remerciée toute l'équipe des Éditions de l'Homme et spécialement Pierre Bourdon, qui, d'emblée, a dit oui à « une autre façon d'aimer », Julie Mongeau, qui a pris soin des questions administratives, Pascale Mongeon, qui a produit un travail éditorial d'une qualité remarquable, et Patricia Juste, qui a procédé avec autant d'enthousiasme que de talent à la révision linguistique du manuscrit.

Je voudrais aussi dire toute ma gratitude à mes enfants chéris, Laurent et Audrey, et à leurs conjoints respectifs, Audrey et Olivier, qui, dans leurs rapports entre eux et dans la relation qu'ils ont avec leurs enfants, sont la preuve vivante de ce qu'« une autre façon d'aimer » apporte le vrai bonheur.

Enfin, je suis infiniment reconnaissant à mon épouse bien-aimée, Nicole Aknin, pour avoir été et pour être mon initiatrice sur le chemin d'« une autre façon d'aimer ». Une astrologue m'a dit un jour que j'avais traversé l'éternité pour la rencontrer. Et franchement, ça valait le déplacement !

À tous, donc, j'exprime mon immense gratitude.

Et que l'amour, le vrai, règne parmi les hommes !

Notes

1. Extrait de *Et si la vie voulait le meilleur pour nous*, coécrit avec Nicole Aknin, Paris, Les Presses de la Renaissance, 2010, p. 159.
2. Thomas d'Ansembourg, Catherine Bensaïd, Ivan Calbérac, Michel Cazenave, Odile Chabrillac, André Comte-Sponville, Guy Corneau, Patrick Drouot, Olivia Gazalé, Philippe Grimbert, Marie de Hennezel, Claude Imbert, Thierry Janssen, Jacqueline Kelen, Daphne Rose Kingma, Marie Lise Labonté, Arouna Lipschitz, Richard Moss, Jean-Marie Pelt, Erik Pigani, Florence Quentin, Jacques Salomé, Paule Salomon, Perla et Jean-Louis Servan-Schreiber, Christiane Singer, Marc de Smedt, Victoire Theisman, Patrice Van Eersel, Bertrand Vergely, Neale Donald Walsch, Marianne Williamson, Bernard Werber, et bien d'autres.
3. Union des familles en Europe, enquête réalisée en 2006-2007 : <http://www.uniondesfamilles.org/enquete-fessees.htm>.
4. Selon Baby Center Spanking Survey 2009 : <http://www.babycenter.com/spanking>.
5. Ashley Montagu, *Apprendre la non-agression*, Oxford, Oxford University Press, 1978.
6. Source : <http://leblogdelapeste.wordpress.com/2011/05/21/jai-peur-de-ne-plus-etre-aimee/>.

7. Marianne Williamson, *A Return to Love*, New York, Harper-Collins, 1992 (traduction libre).
8. Alice Miller, *C'est pour ton bien : racines de la violence dans l'éducation de l'enfant*, Paris, Aubier, 1984.
9. Bronnie Ware, *The Top Five Regrets of the Dying*, Hay House, 2011 (traduction libre).
10. Inspiré d'une illustration de Didier Franck.
11. Nicolas Grimaldi, *Métamorphoses de l'amour*, Paris, Grasset, 2011, p. 79.
12. Extrait de la chronique d'André Comte-Sponville dans *Le Monde des religions*, n° 42, juillet-août 2010.
13. Victor Hugo, *Lettre à Sainte-Beuve du 6 juillet 1831*.
14. « Prophétie de Néferti », texte publié par Vladimir Golenishchev et figurant sur un papyrus datant de la XVIIIe dynastie et sur deux tablettes en bois ainsi qu'une vingtaine d'ostracons remontant à l'époque ramesside.
15. Selon Serge Bonfils, *Impertinente psychosomatique*, Monrouge, John Libbey Eurotext, 1996.
16. Voir notamment Évelyne Bloch-Dano, *Madame Proust*, Paris, Grasset, 2004.
17. Harold Searles, *L'Effort pour rendre l'autre fou*, Paris, Gallimard, coll. « Folio-Essais », 2003.
18. Isabelle Côté, Rhéa Delisle et François Le May, *Ensemble… On découvre*, sur le site <http://www.csssvc.qc.ca/telechargement.php?id=885>.
19. Ovide, *Les Métamorphoses*, 3-420.
20. André Comte-Sponville, *Petit Traité des grandes vertus*, Paris, PUF, 1995, p. 135.
21. Georges Perros, *Pour ainsi dire*, Le Bouscat, Finitudes, 2004.
22. Neale Donald Walsch, *Les Nouvelles Révélations*, Outremont, Ariane, 2002.
23. Jerry B. Harvey, *The Abilene Paradox and Other Meditations on Management*, Lexington (Mass.), Lexington Books, 1988 (traduction libre).

24. Voir : <http://www.aufeminin.com/tests-quiz/ciment-du-couple-d4143c102258.html>.
25. *Visita Interiora Terrae Rectificando Invenies Occultum Lapidem.*
26. Éric Berne, *Des jeux et des hommes,* Paris, Stock, 1984.
27. D. J. Salinger, *L'Attrape-Cœurs,* Paris, Pocket, 2002.
28. Extrait de *Mein Kampf.*
29. Alice Miller, *C'est pour ton bien,* Paris, Aubier, 1984.
30. Cité dans *ibid.*
31. *Ibid.*
32. Le récit d'Édouard a été rapporté au chapitre 3 (p. 64).
33. Olivia Gazalé, *Je t'aime à la philo,* Paris, Robert Laffont, 2012, p. 291.
34. Voir : <http://www.lefigaro.fr/football-ligue-1-et-2/2013/09/26/02013-20130926ARTSPO00295-riviere-la-frustration-m-a-donne-encore-plus-d-envie.php>.
35. Olivia Gazalé, *op. cit.,* p. 299.
36. Richard David Precht, *Amour : Déconstruction d'un sentiment,* Paris, Belfond, 2011, p. 157.
37. Olivia Gazalé, *op. cit.,* p. 382.
38. *Ibid.,* p. 299.
39. Yves Florenne, *Lettres de la religieuse portugaise,* Paris, Le Livre de Poche, 1979.
40. Marcel Proust, *À la recherche du temps perdu,* Paris, La Pléiade, t. 3, p. 419.
41. *Ibid.,* p. 506.
42. Olivia Gazalé, *op. cit.,* p. 419.
43. Jacques de Bourbon Busset, *Lettre à Laurence,* Paris, Gallimard 1987.
44. Nicolas Grimaldi, *op. cit.*
45. Pour une réflexion plus approfondie sur le manque, voir notre conte philosophique intitulé *La Lumineuse Histoire du prince qui manquait de tout,* préface de Guy Corneau, Paris, Albin Michel, 2008.
46. André Comte-Sponville, *Le Sexe ni la mort,* Paris, Albin Michel, 2012.

Table des matières

Pour celles et ceux qui voudraient aller plus avant
dans une autre façon d'aimer,
Nicole AKNIN et Jacques SCHECROUN
proposent leurs séminaires
« *Une autre façon d'aimer* »
au Canada, en France, en Belgique et en Suisse.
Calendrier, informations et inscriptions sur
www.uneautrefacondaimer.org

Et pour toutes informations sur le Grand Festival International
« *Une autre façon d'aimer* » :
www.grandfestival.fr

Suivez-nous sur le Web

Consultez nos sites Internet et inscrivez-vous à l'infolettre pour rester informé en tout temps de nos publications et de nos concours en ligne. Et croisez aussi vos auteurs préférés et notre équipe sur nos blogues !

EDITIONS-HOMME.COM
EDITIONS-JOUR.COM
EDITIONS-PETITHOMME.COM
EDITIONS-LAGRIFFE.COM

Achevé d'imprimer au Canada
sur papier Enviro 100 % recyclé